貧乏男爵、国民人気上位二人（男）を嫁にする。

Yu Enari
エナリユウ

CHARADE BUNKO

Illustration

Ciel

CONTENTS

貧乏男爵、国民人気上位二人（男）を嫁にする。

恩は返さなければならない。

仕事でならこれまでもあったし、恩を受ければ感謝の気持ちとともに自ら進んで返してきた。困っている取引先にこちらから手を差し伸べる場合もある。仕事上ならよくある日常で、恩のある相手には、できる範囲で助け返すのが当然だと思って生きてきた。

仕事なら難なくできることが、私生活となると難しいのはなぜだろう。

袖口のひだ飾りを指先で摘《つ》まむ。擦り切れてほつれた糸を縒《よ》って、目立たないよう折り込んだ。ため息をつくと痩せて薄い身体《からだ》が丸まり、猫背に拍車がかかる。

落とした視線の先では水仙が陽光を浴び、全身をぴんと反らせていた。

さすが王宮、敷地の外れであっても植栽がよく手入れされている。目の前には、王族や貴族の戸籍管理を行う貴族管理局の建物があった。そして僕の手には婚姻届が握られている。

「恩人の頼みは断れないよなぁ。しかも公爵家……。僕は吹けば飛ぶ男爵家だもの。断る選択肢はなかった。うん、諦めて腹を括《くく》ろう」

独り言で己を説得する。数か月前に戻って、慣れない社交パーティーに挑もうとする自分自身を引き留められない以上、もう選べる道はないのだ。

領地の農産物を少しでも高値で売ろうと、欲をかいたのがそもそもの失敗だった。とあるスケベな伯爵に気に入られてしまい、押し倒されかけたところを助けてくれたのが、公爵家次男のフレドリク様だ。

貧乏男爵家に嫡男として生まれてから二十三年、目立たぬよう生きてきた。華やかな高位貴族と関わることなどなかったのに、手にある婚姻届には、公爵家フレドリク様の名が書かれている。

しかも婚姻届は二枚。これもまた恩のある相手の名があった。

幼馴染《おさなな》《じ》みの彼は、僕が資金難に陥るたびにお金を融通してくれる。昔から僕に甘い彼に密《ひそ》かに婚約したと伝えると、恩人の頼みで結婚するなら自分も頼みたいと、理由をつけて押し切られてしまった。

「恩人たちの頼みは断れないよなぁ」

先ほどと似た言葉を繰り返し、往生際の悪い自分に言い聞かす。

辺りに人気《ひとけ》がないのを確認し、顔を上げる。水色の空を背景に、ミモザが鮮やかな黄色の小花を房状に垂らしている。

「国民の敵と謗《そし》られるのも、恩返しの一つだと思おう」

意を決して扉を開く。

「オルソー男爵家のレナルト・ティール・オルソーと申します。婚姻届を出しにまいりました」

受付に座っていた中年男性がぱっと顔を上げ、背筋を伸ばす。しかし、すぐに眠そうな顔に戻った。どこぞの貧乏貴族だと見当をつけたのだろう。それは正しい。

コートを羽織っていないため、色褪せたベストも流行遅れのドレスシャツも丸見えだ。しかも洗いすぎて布地が薄い。

背丈も肩幅も青年期相応のものだが、似合うとは言いがたい幅広のベルトを締めた腹は薄く、筋肉らしきものが見当たらない身体は貧弱な雰囲気が漂う。

どこから見ても立派な貧乏貴族だ。

「書類をどうぞー」

気の抜けた声に、俯《うつむ》きながら書類を差し出す。

ずれた太い黒フレームの眼鏡《めがね》を指の背で押し上げ、今日も爆発状態の強烈なくせ毛かつ剛毛頭が少しでも落ち着くよう、手櫛《てぐし》で整える。ストロベリーブロンドに見えなくもないが艶のない髪は、櫛を通しても鳥の巣そっくりのぼさぼさ頭にしかならない。

ささくれの目立つ荒れた指先が髪に引っかかり、ちくんと痛む。

「記入漏れがないか確認しますねぇ。サインはご本人のもので間違いない？　あらら。二枚も書いてきたんですか？」

ちらちらと僕の頭部を見ながら、受付の男性は書類を手元に引き寄せる。役人として充分な賃金を得られているおかげか、貫禄《かんろく》たっぷりの腹回りをした男は首を傾《かし》げた。

「はい。二人娶《めと》ることになりまして。署名はそれぞれ本人のものです」

目の前で、受付台に乗らんばかりの突き出た腹が揺れた。大きな声で驚かれる。

「君、一度に嫁さんを二人もらうのかい？　こりゃあ夜のおつとめが大変だ！　若いっていいねぇ」

くだけた口調でニヤつかれる。カウンター越しに身を乗り出した男性に、一度ならず肩を叩《たた》かれた。そのたびによろけてしまう。

何事かと顔を覗《のぞ》かせた禿頭《とくとう》の上司らしき男性が口を挟む。

「一度に二人とは勇ましいね。若者よ、夫の務めは妻を満足させることだ！　嫁二人に絞り取られるとは羨ましいぞ！　がんばりたまえ！」

テカテカと頬に脂を浮かせた男は、男性器を模し、こぶしを握った腕をくの字に曲げた。

上司の下世話な冗談に追従の笑い声をあげた受付係は、資産家とは思えない風体の僕を改めて見直し、片眉を上げる。予想通りの反応だ。

「君、ずいぶんモテるんだねぇ。花嫁さん方は同時入籍を了承済みなんだろう？」

上司もまた不思議に思う部分があったのか、質問を重ねる。

「結婚式は一緒に済ますのかい？　あとで嫁さん方が不満を持たなきゃいいけど。嫁同士が張り合っちゃうと、複数婚は大変だよ？」

諸々覚悟済みですと答える代わりに、「ですよね」と苦笑した。

取り繕っても、バレるのは目に見えている。あらかじめ決めていた通り、正直に貧乏を打ち明けた。

「二人とも内々の食事会だけでいいと言ってくれていますから。二回どころか一回分だろうと、満足な式を挙げられる余裕はありませんので」

信奉する宗教により多少の違いはあれど、複数婚はどの国でも珍しくない。共通しているのは一人が複数を娶る形であり、その一人となる側が性別にかかわらず『夫』となる点だ。

複数婚で夫となるのは妻たちとその間にできた子を養える資産家か、よほど容姿に恵まれているかのどちらかがほとんどだ。美形でも金満家でもない夫が同時に二人の妻を娶るとなると、自然と耳目を集める。

「どれどれお相手は……はぁーっ？」

「おいお前、何をそんなに驚いて——はぁ？」

そろって目を剝《む》いて驚く。ですよね、と心のうちで呟《つぶや》いた。二人の願いを叶《かな》えるためとはいえ、国民の敵意が自分に集中するのを想像し、胃がキリキリと痛む。

「これって紫銀《しぎん》の貴公子こと、フレドリク様と同じ名前？　あの、未亡人のご婦人たちと年中浮名を流しているお方だよね？」

紫銀の貴公子は、美麗な容姿のフレドリク様に社交界の貴婦人たちがつけた呼び名だ。

僕は「はい、そうです」と観念した罪人の心地で頷《うなず》く。

「まさか、陛下の甥御《おいご》様でシェセール公爵家次男の、あのフレドリク様の署名だというのかい？　署名が嘘《うそ》なら、文書偽造になるよ？　大丈夫かい？」

受付係の男性は親切に僕を心配してくれる。

署名は本物だが、陛下の甥御様な上に、社交界一の人気者を嫁に迎えるなんて大丈夫なわけがない。普通なら、貧乏男爵の自分が言葉を交わすことさえ憚《はばか》られる相手だ。

泣き言めいた思いは胸のうちに秘め、「本物です」と答える。

「こっちは姿絵が飛ぶように売れている、神雷《しんらい》の騎士ジョナス・フォルクだぞ？　あっ、あれか？　うちの娘が姿絵だけじゃ物足りなくて、自分で神雷の騎士との婚姻届を作って、きゃあきゃあ楽しんでたな」

姿絵の売上の一部は、モデル料としてジョナスの口座に振り込まれており、その資金をオルソー家は何度も貸してもらっている。いつも二つ返事で快諾してくれる彼には、返し切れないほどの恩がある。しかも返済できていない。

他の職員たちもざわつき始める。

署名は本物だから大丈夫だろうと思っていたが、こうも信じてもらえないとは思わず、居たたまれない。

「しかも君が嫁ぐのではなく、二人を嫁に？　冗談にしてもさすがに図々し――」

「レナルト君、時間がかかっているみたいだね」

よく通る声に振り返ると、希少な色味である紫色《ししょく》を帯びた銀髪の青年が、入口に現れる。陽焼《ひや》けのない白い肌と華やかな容姿が目を惹《ひ》く。身に纏《まと》った濃紫のベストや濃紫のコート、クラヴァットや袖のひだ飾りに入った刺繍《ししゅう》に至るまで流行のスタイルで揃《そろ》えられており、彼の藤色の瞳にもよく似合っていた。

成年男子として充分な背丈を持つ僕は、髪の毛込みなら彼とほぼ同じ背丈のはずだ。しかしながら頭身も足の長さも、漂う気品からして何もかも違う。

フロアの職員たちが一様に目を丸くする。何人かはうっとりと「フレドリク様」と呟いた。

「レイ、何を手間取っているんだ？」

次いでのっそりと姿を見せたのは、浅黒い肌に鮮やかな金の短髪、緑の瞳を持つ騎士服姿のジョナスだ。茶のコートを携えている。

彼の背丈はフレドリク様や僕よりこぶし一つ分高く、身体の厚みや鋭い目つきは実戦を知る戦士のものだ。砂色の騎士服には金の飾り緒や、高い戦績を示す勲章がいくつも下げられていた。

逞《たくま》しい身体と強面《こわもて》の外見だが、彼もまた人気者である。不機嫌そうなむすりとした表情は通常でありそれもまた魅力の一つだと、評判だ。

見慣れた幼馴染みの姿を目にし、緊張が緩む。思わずほっと息をつく。

「うそ！　本物のジョナス様よ！」

思わず叫んでしまった女性職員が口元に手を当て、頰を赤らめる。ジョナスが辺りに視線を巡らせ、声を抑えるよう手振りで示した。その手の振り方がかっこいいと、また歓声を呼んでしまう。

ただのくせ毛の貧乏貴族が娶るには不自然だと疑っていた受付係とその上司は、驚きであんぐりと開いた口のまま、慌てて頭を下げる。

歩く姿一つとっても絵になるフレドリク様が、背に垂らした紫銀の髪を揺らし、鳥の巣頭の僕のかたわらへ軽やかに進む。

「伯父上《おじ》への挨拶は済んだし、君が一人で行きたいというから任せたが、どうしたんだい？　馬車はもう正門の車寄せに来ているよ？」

貴族の戸籍を取り扱う貴族管理局でなくとも、紫銀の貴公子が容姿のみならず、その血筋も他を寄せつけぬ高貴なものであることは、広く知られた事実だ。

シエセール公爵家に嫁いだ彼の母は現国王の妹であり、その配偶者――数年前に亡くなった前公爵に男兄弟はいない。フレドリク様の言う『伯父上』とは国王その人に違いなかった。

「お待たせしてしまい申し訳ありません」

個性的なくせ毛を揺らし、頭を下げて恐縮する。

衝撃から立ち直った職員たちが、「そういえば公爵位を継がれた兄君様から、強引に見合いをさせられて逃げた話は……」と小声で話すのを耳にし、僕は肩を落とす。

一人で来たのは、貧乏男爵の妻にならざるをえなかったフレドリク様に、雑音を聞かせたくなかったからだ。しかし、結局無駄になってしまった。好奇の視線を浴びさせてしまうのを、申し訳なく思う。

「僕が一人で来たせいで、受付の方を混乱させてしまったようです」

領地の農産物を売買する仕事ならもう少し効率よく済ませられるのだが、王宮の敷地に入ることすら滅多にないせいか手間取ってしまった。

国一番の人気騎士であるジョナスが後ろに立ち、手にしていた仕立てのよいコートを肩へ羽織らせてくれる。

「レイは悪くない。俺たちが行ったら騒ぎになると心配して、気を遣ったんだよな？　だろ、レイ？」

ぶっきらぼうな口調ながら、ジョナスは僕をかばってくれる。彼の吐息がつむじに当たってむずむずした。

「夫だからね。僕がしっかりしなくちゃ」

頷いたピンク頭をフレドリク様がぽんぽんと撫《な》で、小声で問いかける。

「レイ、レイと繰り返して幼馴染みの間柄を当てつけてくる奴《やつ》の名前は、二重線で消さなくていいのかい？　いまならまだ間に合うぞ？」

「フレドリク様ったら……ご冗談ですよね？」

戸惑う僕の頭上で、ジョナスが冷ややかな目をもう一人の妻となる男へ向ける。

「レイ、恋多き方とはいえ、ご自身が一度認めたものを覆すなんて、非常識な真似《まね》をなさるはずがない。俺たち田舎者《いなかもの》には理解できないが、きっとユーモアでらっしゃるさ。俺たちはフレドリク様とつき合いが浅いからわからないだけだ。浅いからな」

浅い浅いと繰り返し、「俺たち」とは違うと、当てつける。喧嘩《けんか》を売る気なら買いますよ、と言いたげな様子に、僕はまたかと呆《あき》れた。

「ジョナスもやめて」

彼のフォルク家はオルソー家と領地を接している豪農で、昔から家同士仲がいい。三代前に地方で叙任された騎士を輩出しているものの、平民だ。

一方、オルソー家は低位の貧乏貴族だったのもあり、二つ年上の彼が十三で騎士見習いとして王都へ発つまで、勉強も遊びも一緒に過ごした仲だった。

「騎士というのは案外口数が多いのだな。無駄口ばかりで国が守れるといいのだが」

頑《かたく》なに僕に話しかけているふうをフレドリク様も装い、互いに言葉で攻撃する。その声

は低い上に小さく、受付に立つ二人の職員以外には聞こえていない。

あからさまな不仲ぶりを見せつけられ、受付の二人は業務外の話は聞こえませんとばかりに、表情を消して直立している。高位貴族の面倒事に巻き込まれていいことなどないのだから、賢明な判断だ。

「戦闘時は雑音など耳に入りませんから。あぁ、フレドリク様は俺より一つ年上でらっしゃるが、一度も戦地にお立ちでないのでしたね。高位の貴族様は、一度は軍務をご経験なさるのが通例ですので、てっきりご存知かと。それより、仮に俺一人との婚姻届をレイが持ってきたとしても、受理されるのに時間がかかるのは同じです」

「ほう、騎士殿どういう意味かな?」

フレドリク様が口元だけを器用に微笑《ほほえ》ませた。

「こういう意味ですよ。——みなさんお騒がせしてすみません。仕事の手を止めさせてしまい、申し訳ない」

室内の隅々まで届くよう声を張り上げ、ジョナスはとびきりの笑顔を職員たちへ向ける。きゃーっと女性の声があがり、クールな神雷の騎士が満面の笑みを自分たちに向けてくれるなんて感激だと、フロア中がどよめいた。

「姿絵は俺の方が倍売れると聞きました」

またもや小声でさらりと呟く。言われた方は、くだらないと言いたげに苦笑でいなした。

「それで君たち、書類に何か不備でもあったのかい？」

受付へ問うと同時に、濃紫のコートを纏った腕を僕の腰に回し、引き寄せる。フレドリク様の胸に寄りかかる形になった。それを見たジョナスの眉がヒクリと上がる。

窓口に立っていた職員とその上司は、再度深々と頭を下げる。

「めっそうもございません！　こちらの手際が悪く、お待たせしてしまいました。大変申し訳ございません！」

「それと、私の婚姻届が騎士殿より先だからね？　受けつける順番を間違えないでおくれ」

「ハイッ、もちろんでございます！　配偶者欄の一段目にはフレドリク様、二段目にジョナス様のお名前が入ります。確かに受理いたしましたッ！」

「そうか、ありがとう。では行こうか」

『妻』に腰を抱かれながら退室する僕の後ろに、冷静を装いながらも苛立《いらだ》ちを瞳に浮かべたジョナスが続く。僕ら三人が貴族管理局の部屋を出た途端、背後でわっと声があがった。

建物から出た僕は、まだうっすらと聞こえる甲高い声にため息をつく。

「僕なんかが二人の夫なんて、驚いて当然ですよね。きっと明日には王都中の噂《うわさ》になりますよ。事情があるとはいえ、貧乏男爵が人気者二人を娶ったんですから。腐った卵を投げつけられないよう、しばらく屋敷に籠《こ》もるつもりです」

反感を向けられるのは想定のうちだ。今日の入籍に備え、主要な仕事は前もって終わらせてある。

予想していても、貴人も庶民もひっくるめた人々から強烈な反応を向けられるのは気が重い。

「しばらくすれば飽きて話題にされなくなるさ。言うほど私たちに興味はないものだよ。大半は噂話で騒ぎたいだけだからね。君の新妻は社交界一の人気者なんだ。私たちは彼らに娯楽を提供したと思えばいい」

貴族管理局でこそこそ噂されたのを耳にしていただろうに、フレドリク様は明るい声で接してくれる。

話している間も、すれ違った役人からじろじろと視線を向けられた。萎縮してしまい、両手を胸の前で握り、唇をきゅっと噛《か》む。

「事情を知らない人たちは、『紫銀の貴公子』が貧相な男を挟んで『神雷の騎士』と連れ立って歩いているなんて、何事だと思っていますよ。二人とも存在感が強すぎて、貧相な男のことは目に入っていない可能性もあります」

「そういえば、伯父上の侍従から、扉の前で引き留められていたな。侍従の驚いた顔が最高だった」

笑いを堪《こら》えようとして失敗したフレドリク様が、ぷっと噴き出す。

バングヴァール王陛下に挨拶に行った際、僕は従者だと間違われてしまったぐらい、オーラに差がありすぎる。

地味を自覚しているものの、さすがにショックな出来事だった。

しかしいまは、フレドリク様を笑顔にできたなら悪くないと思える。ニコニコした顔を見ていると、強張《こわば》っていたはずの顔は、いつの間にか緩んでいた。

気さくな人だ。一緒にいるだけで、笑顔になれる。

こんなに素敵な方なのに、フレドリク様には『みじめな結婚』をしなければならない事情があった。

「こんな僕が夫になったのですから、ご希望のみじめさは充分演出できたと思いましょう」

「先月、私が君に求婚してから今日まで、妨害されなかっただけでも上出来だよ。これでもう、兄上は私に強引な結婚を迫れない。妻側になったから、嫁を取ることもできないしね。我ながら良案だ。それに私は人を見る目に自信があるんだ。君が夫で嬉《うれ》しいよ」

細められた目はたわみ、目じりが垂れる。僕との結婚に心から満足しているのが伝わってくる微笑みだ。見た目の麗しさばかりが噂に上るが、話してみれば温和な気性なのがよくわかる。社交界で人気なのも頷けた。

「オルソー家としても、素敵な妻を迎えられて大変光栄です」

堅苦しい返事の僕に、藤色の目がさらに細められる。温かいまなざしに、微笑み返した。なりゆきで入籍したとはいえ、彼との結婚なら上手くやっていけそうだ。

「レイ、籠もっている間、必要なものがあれば俺に言ってくれ」

首を回し、反対側を歩く幼馴染みを見上げる。

「ありがとう、ジョナス。このコートを贈ってもらえただけで充分だよ。おかげで王宮に入っても恥ずかしくない格好ができた」

機能重視のデザインは僕の好みだ。新しい布地の手触りが嬉しくて、何度も撫でてしまう。顔を上げると、柔らかな若葉色の瞳が満足げにきらめいている。

「妻として夫のお前に贈りものができて、俺も嬉しい」

「幼馴染みのジョナスには、昔からたくさん世話になってきたからね。こうして恩返しができて僕も嬉しいよ」

「恩返し……」

「これもフレドリク様がジョナスとの重婚を快諾くださったおかげだね」

余計な妨害をされたくないというフレドリク様の希望で、ごく一部以外には秘密にしていたが、幼馴染みのジョナスは身内みたいなものだ。婚約後すぐに、彼にだけ打ち明けた。酷《ひど》く驚いていた彼から、「恩に報いるために結婚するなら、俺ともできるはずだ。二番目の妻なら、平民の俺でもかまわないだろう」と言って求婚されたのは、その数日後だ。

彼は何度も借金に応じてくれた、恩のある相手だ。貴族の身分がなければ夢が叶わないと頼まれ、応じたい気持ちになった。

しかし、さすがに公爵家の名を持つ人間が承知するわけがないと思っていたら、自分の『みじめな結婚』にとっても都合がいいと、あっさり受け入れてもらえた。

「……ああ。力のある高貴な方がお前の味方になるのは賛成だ」

複雑な心中を表し、ジョナスの眉根がわずかに寄る。嫌みを言われればやり返すものの、平民の彼は気を遣っているのだろう。僕とフレドリク様の結婚自体は歓迎してくれている。

コートを脱ぎ、腕にかけて持つと、ジョナスからなぜまた脱ぐのかと聞かれた。陽射《ひざ》しは暖かいが、まだ肌寒いだろうと心配される。

「汚したくないんだ。何度も洗濯したら布が傷むし、形も崩れるからね。一生大事に着たいもの」

「布が傷んだらまた同じものを贈ろう。気にするな。俺は騎士の中ではかなり稼いでいる方だ。安心して着てくれ」

また買えばいいと思えるほど、僕は恵まれた生活をしていない。

騎士として有名になっている彼の給金が高いのは想像にかたくないが、それは妻の稼ぎであって、僕の稼ぎではない。

だが、貧乏くさい夫なんてみっともないと思わせてしまったろうかと、申し訳ない気持ちになった。

「夫の僕が貧しいばかりに、妻のジョナスに気を遣わせてしまってごめんね」

僕が話していると、腰に回されたフレドリク様の腕に力が籠もった。

顔を向ければ満足そうに頷き、無言で微笑んでいる。いつもより高く引き上げられた口角に、どうやらジョナスとばかり話していたのが気に食わなかったらしいと察した。

こんな仕草で嫉妬を表現するなんて、なるほどモテるわけだと密かに得心する。

正門の車寄せまで来ると、黒光りする立派な馬車が見えた。

御者とともに僕たちを待っていた馬車は、元々シェセール公爵家でフレドリク様専用に使われていたものだ。フレドリク様が指示し、オルソー男爵家の紋章が新たに彫り込まれた。内装も僕の髪色に合わせたえんじ色に仕立て直されている。

「フレドリク様も馬車を贈ってくださり、感謝しております」

「妻として当然さ。さあ、私たちの新居となる男爵邸へ連れていってもらおうか」

御者がうやうやしく扉を開き、エスコートしてもらって乗り込んだ。

ぴったりと密着して座る僕らにむっとしたジョナスは、向かいの座席ではなく、反対の扉から僕を挟む形で無理やり座った。かといって僕には触れず、こぶしはひざの上に置かれている。

車内は幾分広めだが、これは二人席を向かい合わせた四人乗りの馬車だ。三人が尻を並べれば、きつく密着することになる。

「この中に馬車の乗り方も知らぬ者がいるようだ。レナルト君も苦労するね」

公爵家次男として貴族の中で揉《も》まれて育った彼は、涼しい顔で嫌みを口にする。

「フレドリク様、ジョナスともう少し仲良くしてくださいませんか？」

どちらも相手の結婚に反対しなかったものの、互いに顔を見るたび緊張感が漂う。二人が角を突き合わせるのは見たくない。

嫁姑《よめしゅうと》問題と同じくらい、複数婚において妻同士の揉め事は珍しくないが、あまりに大人げない態度では、これからが思いやられてしまう。

「私の方が責められるのかい？」

紫がかった銀髪をさらりと揺らし、わざと拗《す》ねた口調で言う。綺麗《きれい》なだけではない愛らしさに、これはモテると彼の人気に再び納得してしまう。

「だって三人でいるときに僕がジョナスと話すと、へそを曲げてしまわれるでしょう？そうしないとおっしゃるなら、ジョナスに注意します」

はじめは複数婚を鷹揚《おうよう》に受け入れてくれていたが、顔合わせでジョナスが僕へべたべたとひっついて幼馴染みとの親密さを見せつけてしまい、以降、フレドリク様は大人げない態度をとるようになってしまった。

庶民と同時入籍という扱いの悪さを好都合だと快諾したのはフレドリク様だ。僕も『みじめな結婚』をアピールするのにはちょうどいいと思ったし、蔑《ないがし》ろになんて絶対しないとも伝えているのだが、どうも上手くいかない。

「仕方ない。妻を導くのは夫である君の務めだ。もう一人の妻と話すことを許そう」

「ありがとうございます」

鳥の巣頭を揺らし、もう一人の妻へ顔を向ける。

「ジョナス、この馬車は一つの座席に二人ずつ腰かけるから、三人目は向かいの座席に座らなければならないんだ。だから僕、席を移るね」

「だめだ」

不本意ながら二人がハモってしまい、馬車内にしばし気まずい沈黙が落ちる。無言のまま、ジョナスが憮然《ぶぜん》とした表情で向かいの席へ移ってくれた。

「二人目の妻としていまは譲るが、お前を一番大切に想《おも》っているのはこの俺だ。俺が昔から本気でレイの妻になりたがっていたのは知ってるだろう?」

ジョナスは向かいから前のめりに身体を倒し、長い前髪で隠れがちな僕の顔を下から覗き込む。

子どものころならまだしも、いまは頭ももさもさだし、外出時は節約のため乗り合い馬車か徒歩で済ませるせいで、肌は陽に焼けている。黒塗りの太い木製フレームの眼鏡をかけ、どこから見ても『パッとしない』の手本のはずだが、彼の視線はその奥の素顔を見通している。

「求婚されたときに聞いた。誕生日のたびに、十歳で僕に初恋をした日からずっと好きだって言ってくれてたけど、いまも本気だとは思わなかったから驚いたよ」

「驚いたのはこっちだ。レイは妹に好きな相手と結婚させてやる代わりに、自分はしないと断言していたのが、どういうわけか急に紫銀の貴公子と婚約するんだからな」

領地で暮らす妹から、オルソー家と同じくらい余裕のない男爵家の、しかも三男と結婚したいと聞いたのは去年だ。

今年の春、ささやかな式を挙げ、彼にオルソー家に入ってもらった代わりに、僕自身の結婚は諦めたはずだった。一対一の男女婚なので、彼は婿となり、妹は婿取り妻だ。

「理由は説明したよね」

驚くだろうなと思っていたが、まさしく目玉が飛び出るほど驚いていた。

「初めて耳にした夜、俺がどれだけ荒れたか見せてやりたい。いかに高貴なお血筋だろうと、年中浮名を流しておられる相手と結婚するぐらいなら、本気でレイを好きな俺と結婚したっていいはずだ。それで俺も嫁にしろと求婚したきっかけになったがな」

浮名のくだりで、ジョナスはフレドリク様をちらりと見たが、恋愛の修羅場をいくつも潜《くぐ》り抜けている人物は平然としている。

「理由を聞いたのなら、私がどれだけレナルト君の力になっているかわかっているね？　彼の面倒事は私のような人間がいなければ無理だろう」

最も低い爵位な上に、金や権力とも無縁なオルソー男爵家では、貴族間の揉め事を避けるのは難儀なことだ。フレドリク様が意味ありげに強調した面倒事とは、僕の顔の件だった。

「僕としてはこの姿だけで充分平気だと思うんですけど。顔の件がバレてしまったのは、男爵位を継いだばかりで社交が下手なせいですよ。少年のころは直毛でしたが、いまは強烈なくせ毛ですし、だいぶマシになりましたよ？」

「マシなわけがないだろう。私たちの出会いの夜を忘れたのかい？　スケベな伯爵に君の素顔を見抜かれ、貞操の危機だったのを救ったのは私だぞ？」

「う……、その節はありがとうございました」

そもそもの発端は、著しく口下手な父にこのまま領地経営を任せていてはますます借金が膨らむと、去年、僕が父の病弱を理由に男爵位を継いだことから始まる。

襲爵のお披露目会を催す余裕はオルソー家にない。よりよい取引のためにも、パーティーに出て存在を知ってもらわねばと焦って出席したところ、性がお盛んだという中年の伯爵にうっかり顔を見られてしまった。

言い寄られ、押し倒されそうになったところを助けてくれたのがフレドリク様だった。その経緯はジョナスも知っている。

高位の貴族は一定期間軍務を経験するしきたりがある。戦が起これば実戦が一番だと軍に放り込まれるのだが、フレドリク様は出兵要請のたびに姿をくらます腰抜けだと、耳にしたことがあった。

最前線で戦うジョナスとは正反対の人物だと思い込んでいたから、僕を助けてくれたときは驚いた。

「次からはもっと上手く立ち回れるようにがんばります」

僕が反省すると、ジョナスに甘いと呟かれる。眼鏡を取り上げ、前髪をかき上げられた。

父親譲りの顔立ちは、知っているはずの二人も見るたび息を呑《の》む。

ほっそりとした鼻筋は高すぎず、長いまつげに縁どられた目や、その中の琥珀《こはく》色の瞳もまた大きい。そのまなざしは人を惹きつける魅力に満ちている、らしい。どれもジョナスにこれまで言われた言葉だ。

父である前オルソー男爵は幼少時にかどわかされそうになり、少年期に入ると高価な贈りものを一方的に押しつけられたあげくに代償を求められたり、勝手に三角関係に持ち込まれ、トラブルの元凶扱いされたりなど散々だった。

もっと高位の貴族ならなんとかなったかもしれないが、オルソー男爵家は山や畑が人よりいくらか多い程度で、権力も財力も皆無同然だ。先々代の祖父まで巻き込んで大変な苦労をしたそうだ。

かといって美しさを武器に世渡りする器用さもなく、ひたすら災いを呼ぶため、社交界に顔見せする十六になる前に、早々に領内の農家の娘と結婚してしまった。

無駄な美しさにほとほとうんざりした父は、自分そっくりに生まれた長男が同じ苦労をしないよう、美しく見えない身なりをさせた。貧乏を取り繕わなければいいだけなので、周囲にみっともないと思われるのを我慢すればいい。

「レイががんばってなんとかなるのか？　顔を見ただけで押し倒す伯爵はクズだが、それでも伯爵位を持つ貴族様だ。目上の貴族相手にできることは限られている。正直悔しいが、フレドリク様はレイに必要だ」

ジョナスの言葉を聞き、フレドリク様との結婚に反対しなかった理由に合点がいった。

いくら人気があろうと、平民出身の騎士であるジョナスは、貴族たちの集まる社交場に顔を出せない。トラブルに巻き込まれても、法に触れない限り、貴族たちの揉め事にも口を出せないのだ。

父の代わりに爵位を継いだ自分が領地経営していくためには、社交は避けられない。いろいろと有名なフレドリク様の存在は、僕を守るものになるだろう。

それと、とジョナスが小言を続ける。

「その便利なくせ毛だって、十代から急に髪質が変わったおかげだ。またいつ元のサラサラ直毛に戻ってしまうかわからないんだぞ。なのに当人の危機感が希薄だとは、俺は不安だ！」

「私も騎士殿に同意だね。君は自分の顔をなんだと思っているんだ。警戒心が足りないぞ！」

フレドリク様からも叱られ、肩を落とす。

「……ごめんなさい。気をつけます」

ジョナスもフレドリク様へ、よろしく頼みますと頭を下げた。珍しく二人の意見が合っているようで、密かに感激する。

「国王陛下の甥御様が配偶者ならば、心強い。平民生まれの自分は、どれほど国民からの人気が男女ともに高かろうと、そういった役には立ちません。俺にできるのは妻として夫のレイを愛することです。これはこちらにお任せください」

言い始めはしおらしかったものの、すぐさま自慢が入り、最後は夫を独占すると言い出した。対するフレドリク様は、かたわらに座る僕の腰をずいと引き寄せる。

「愛する権利を譲ったつもりはないが？　私とレナルト君はいまは親しい友人に近い夫婦だが、夫婦が恋愛してはならぬ理由はない。私たちはこれからゆっくり恋に落ちるつもりさ。入籍の届け出をしたのだから、今夜が初夜だね」

至近距離で微笑まれ、思わず頬を引《ひ》き攣《つ》らせる。

「初夜？　僕、てっきり貴族的仮面夫婦の典型になるのかと思っておりました。そういった関係は持たないものとばかり……」

「おぼこい君は可愛《かわい》いが、そんなだからあのスケベ伯爵に騙《だま》されて寝室に連れ込まれるのだよ。あの伯爵から手折られる前に救い出せて本当によかった」

「フレドリク様、初夜って冗談ですよね？」

胸にすがり、真意を訊《たず》ねる。紫銀の貴公子は楽しそうに口元を緩ませるばかりで、違うとも違わないとも言わない。

「ちょっと待て。忘れては困る。俺たちの、だ。俺とお前の初夜でもある」

幼馴染みの声におそるおそる振り返る。己の聞き間違いであってくれと祈らずにはいられない。しかし、鼻息荒く胸を張る幼馴染みの目には、友人に向けるものとは違う熱が浮かんでいる。

「えぇ？　ジョナスとも初夜？　……やだなぁ、二人とも冗談キツいでしょ、あは、は……」

ジョナスの緑の瞳はひたと僕を捕らえ、動かない。真剣な空気に泣き言が零《こぼ》れる。

「嘘でしょ？　本気じゃないよね？　実力があっても貴族じゃないと騎士団長になれない

って言うから、いままでの恩に報いるために承諾したんだ。好意があるのは聞いてたけど、そんなことをするのは、僕、承知してないよ！」

「お前が十歳のときから、愛していると伝えてきた。この先も変わらない」

妙に落ち着いた声なのが、恐ろしい。目力の強さが不変の意思を示しているようで、思わずのけ反った。

「なんだ神雷の騎士殿は泣き落としでレナルト君に求婚したのか？」

口元を手で隠し、肩を震わせるフレドリク様に、ジョナスは肩をいからせる。

「俺は愛しているから結婚してくれと最初に言った！」

「僕の方で、恋愛結婚する気はないって断ったんです。恋愛結婚する貴族の方が珍しいし、僕は諦めてますから。そのあとに、貴族でなければ実力があっても騎士団長へ昇進できないと言われて、それならって」

いくら資金を融通してくれたといっても、恋愛感情がないのに彼の愛は受け取れない。しかし、彼が願う出世のために、恩返しとして結婚するのならばと承諾した。

「レナルト君、結婚は泣き落としでほだされてするものではないぞ？」

腰に回っていた腕が上がり、もさもさ頭を撫でられる。見れば、満面の笑みを浮かべている。ジョナスを揶揄《からか》うのがよほど楽しいらしい。

「騎士団長になる夢を叶えるために身分が必要だとは言ったが、泣いてなどいない！」

悔しげにジョナスは歯噛みする。

頭を撫で続けるフレドリク様の手を取り、両手で握り直した。まだ揶揄い足りなそうな彼を困り顔で見上げる。

「いじわるをおっしゃらないでください。彼はうちの男爵家のために何度も資金を貸してくれましたし、給金や国王陛下からの褒章金を貯めた、樽《たる》いっぱいの金貨を持参金として男爵家に渡してくれたんです。これは事前にご説明しましたよね？　うちは借金があって、お金が必要なんだって」

フレドリク様が肩をひょいと上げ、茶化すのを諦めてくれる。しかし、今度はジョナスが声をあげた。

「レイ、それ以上は言わないでやってくれ。公爵家の一員といえども、不仲と噂の兄、公爵位を継承なさったラルフ様が、弟のフレドリク様から相続予定の領地を取り上げてしまわれた件は、王都に住んでいる誰もが知る有名な話だ。公爵様に一切の金銭収入を断たれ、それに同情したご婦人たちの間を蝶《ちょう》のように飛び回って蜜をお吸いになっていることもな。蜜の名前は生活費だとか」

言われた方は慣れているのか、涼しい顔だ。むしろ車窓の景色を眺め、「郊外に出たな」と言って飄々《ひょうひょう》としている。

代わりに僕がジョナスを叱った。準王族とも言える高貴な血筋でありながら、貴婦人たちに養われ、さらに男爵家に嫁入りする選択をした理由には、同情するものがあったからだ。

「ジョナスもいじわる言わないの！　一方的に敵視されて困っているのはフレドリク様なんだ。そもそも僕みたいな貧乏男爵家に嫁がなきゃいけないのも、うちぐらいみじめな家じゃなきゃ、ラルフ様――シェセール公爵様の敵意が収まらないからなんだよ。ジョナスとの結婚を快諾してくれたのも、みじめさの効果を上げるためなんだから」

婚約から短期間で入籍したのも、シェセール公爵がフレドリク様を異常性癖で有名な、親子ほど年の離れた男性貴族に嫁がせようとしていたのを阻むためだ。そんな公爵の無茶を彼の母はもちろん、国王陛下までも正そうとしたが、変わることはなかった。

フレドリク様は公爵家に未練を残していない意思を示すため、母方の姓だけを残したフレドリク・バングヴァール・オルソーとなった。図らずも王家の名とオルソー家の名が並んでしまい、僕には畏れ多い以外の何ものでもない。

「わかった。それでレイが納得しているなら、二度と言わない。約束する」

降参とばかりに両手を上げる。

僕さえ絡まなければ、ジョナスも本来は心根のまっすぐな男だ。二つ名を持つほど英雄と称《たた》えられているのは、高い戦果を上げたからだけではない。部下思いの人柄や、助けた民への思いやりある態度、そういった点も人気の理由なのだ。

「――で、初夜には私も参加させてもらえるのかな？」

妻二人の間を仲裁していたはずが、にこやかに初夜を強請《ねだ》られる。妻を二人持つ苦労に長々と息を吐いた僕は、夫として毅然《きぜん》とした態度をとろうと、改めて背筋を伸ばす。

「しませんから！　二人とも諦めてください！」

「婚姻届を出した際に、夫の務めは妻を満足させることだって言われていなかったかい？」

フレドリク様の表情はにこやかで、茶化しているのか本気なのかわからない。

「聞いてらっしゃったんですか？」

心配だったんだよと、紫銀の貴公子は爽やかに答える。

「お二人ほどの方が満足していないわけがないでしょう」

戯《ざ》れ言《ごと》につき合うつもりはないと、つんとそっぽを向いて突っぱねた。

「俺は誰とも寝所をともにした経験はないし、これからも夫以外を知る気もないぞ」

むむむと眉根を寄せ、ジョナスを睨《にら》んだ。睨まれた方は何に対してか知らないが、誇らしげに胸を張っている。

「さて私はどうしようか？」

ふふっと声をあげて笑ったフレドリク様が、僕のくせ毛を耳にかけてくれた。その指先が、右耳に光る銀色のカフに触れる。妙に丁寧な手つきに首をすくめ、しませんからねと僕は新妻たちに釘《くぎ》を刺した。


オルソー家の屋敷は王都の中心部からやや離れた郊外にある。

貴族の邸宅が集まる地域ではなく、比較的裕福な商人が多く住む場所だ。数代前にオルソー家が鉱山で潤っていた時代に建てた屋敷で、広さはあるが老朽化が目についた。

困窮しているオルソー家では何度も売却を試みたが、建物が傷みすぎているため更地にしなければ売れないと言われ、工事資金の目途《めど》が立たずにずるずると所有し続けている。

掃除夫ぐらいしか使用人を雇えない生活に慣れている僕は、馬車も家の扉も自分でさっさと開け、妻となった二人を迎え入れた。

「レイの妻として屋敷に入る日が来るとは」

最初の一歩を、ジョナスは感慨深く味わう。彼は幼馴染みとして何度も来ているがフレドリク様ははじめのころに一度来たきりだ。紫銀の貴公子様は、貼り直された天井へ満足げに視線を向ける。

こんな綺麗な人と一緒に暮らすなんて、半年前の自分なら決して信じなかっただろう。

ジョナスからもの言いたげな目で見られているとわかっていたが、すらりとした背中を眺めずにはいられない。

「騎士殿は修繕や改築で何度も来ていたと聞いたが？　張り切って自ら指揮したそうじゃないか。センスはともかく、屋根を修繕してくれたのはよかった。第一夫人として、夫のために尽くしてくれた君に礼を言わねばな」

第二夫人の労をねぎらう『第一夫人』としての言葉に、頭の中でカーンと開始のゴングが鳴るのを想像した。庶民が好きな拳闘で使われている鐘は、小さいのによく響く。

ジョナスはわざとらしい笑顔で屋敷の家具を見渡す。

「フレドリク様も、ご自身が保有する趣味のよい家具をたくさんお持ちくださいました。家具の配置に壁紙の模様、カーテンの色みといった微細な点にも口をお出しになっていましたが、俺のレイのためにありがとうございます」

二人、てんで違う方向を向いたまま喧嘩できるなんて、ある意味器用だ。仲裁の代わりに、改めて感謝を述べる。

「お二人に支援いただき、屋敷の体裁を整えられました。感謝しております」

ジョナスのおかげで、公爵家出身の方を雨漏りのする屋敷に住まわせることにならず、ほっとしているのは事実だ。

それに、元々の家具はほぼ売り払ってしまい、人数分の寝台すらこの屋敷にはなかったのだ。フレドリク様の協力がなければ、三人で一つの寝台を使うなどという、恐ろしい状況になりかねなかった。

　二人の荷物はもちろん搬入済みだ。

「お出迎えが遅れ、申し訳ございません」

　僕たちの帰宅に気づいた使用人たちがホールに出てくる。フレドリク様が彼らへ鷹揚に頷く。

　フレドリク様は公爵家で自分に仕えてくれていた優秀な執事とメイドたちまで、嫁入り道具の一環として一緒に連れてきてくれた。彼らの主人はフレドリク様だが、この屋敷全体を任せることになっている。

　彼らの給金はフレドリク様が恋のお相手から頂戴した金銭で支払われていたのかもしれないが、これからは僕が持つことになるだろう。ジョナスがくれた樽いっぱいの金貨から出されたとしても、金銭だけでなく主人の人格が伴わなければ質のよい執事とメイドは確保できないといわれているのでありがたい。

　談話室へ移動し、お茶でひと息つく。馬車の二の舞にならぬよう、先に一人掛けの椅子を選び、それぞれ分かれて腰を下ろした。上座はもちろんフレドリク様だ。

　そこへ執事のハビが、困惑顔でゴテゴテと飾られた箱を差し出した。

「シェセール公爵様からお祝いの品が届いております」

「兄上から？」

色硝子《ガラス》で飾られた木箱の蓋を開けると、結婚式で使ってくれと書かれたメッセージとともに、大ぶりな真珠の首飾りが入っている。

「式は挙げないって、お手紙に書いてらっしゃいましたよね？」

僕たちは貴族の正式な結婚手順を大幅に省略している。数日前、結婚にあたっての挨拶だけはしようと二人で面会を申し込んだが拒まれたため、僕はシェセール公爵に会ったことがない。

フレドリク様の判断で、今日の昼頃に式を挙げずに入籍する旨の手紙を届けたはずだ。まさか祝いの品を贈られるなんて『まとも』な対応をされるとは意外で、首を傾げてしまう。

「知っていて書くのが我が兄なのでね。おかしな罠《わな》でもあるといけない。このままにしておいてくれ」

首飾りに触れもせず、執事へ手を振って下げるよう指示する。ジョナスはハビを引き留め、自身のハンカチーフを胸から抜き取って布越しに摘まみ上げた。

「少量の水で洗って、その水を毒調べ用の鉢植えに撒《ま》けば、毒の有無がわかる。騎士団では専用の鉢植えがたくさんあるから譲ってもらおうか？　油性の毒が心配なら俺が油で洗おう」

その言葉は執事のハビに向けられている。ハビが主人を見た。彼が首を縦に振ったのを見て、執事はすでに毒が塗られていないのを確認済みだと答える。

毒の単語にぎょっとする。

「日頃から毒が塗られていないか調べているの？」

「どなた様から贈られたものでも、ご主人様が手にする前に確認しております」

執事のハビは、兄のシェセール公爵を限定しない言い回しで認める。毒を盛るほど不仲なのかと、驚きを隠せず目を瞠《みは》ってしまった。

「噂で知られている通り、兄上は私が不幸になるのを切望しておいでになる。そんな方からの贈りものだ。ハビ、盗賊に盗まれそうな場所へ置いておけ。盗まれたのなら仕方ないからな」

貧乏なオルソー家に入る間の抜けた盗賊なんていないだろうと思ったが、言わないでおく。それよりもやけに警戒する様子に、ジョナスと戸惑いの視線を交わした。

「毒がないってわかっているなら、触るぐらいいいですよね？」

彼の手にある首飾りは、近くで見れば見るほど綺麗だ。

重たげな首飾りを左右に揺らすと、貝殻が擦《こす》れ合うのに似た音が立つ。石より軽い摩擦音に、真珠とはこんな音がするものなのかと、視線が奪われる。見入っている僕へ、フレドリク様は「やめておけ」と注意した。

「もしや魔法具を警戒しているのか？」

呟いたジョナスの声音が不穏に響く。

魔法具は魔力が込められた物体を核にし、魔術師が効果や発動に至る条件分岐をデザインして作るものだ。原動力となる魔力は『精霊の子』と呼ばれる、特別な人間にしか生み出せない上に、最後の精霊の子は百年も前に亡くなっている。

存命中は、数百人の敵兵を追い払うほどの魔法具も存在していたのだとか。

精霊の子が存在しないいまは、彼が材料そのものに魔力を込めて作成した魔法具――百年も経《た》てばどれも破損して使えない――の欠片《かけら》を核にしたり、壊れて使わなくなった魔法具から取り出した核を再利用したりと、有限な資源をやりくりしている。

僕は首を傾げる。

「お金持ちの人が持っている魔法具を見たことがあるけど、もっと大きかったよ？　それでも、見た目が五歳若返るとか、モテる力が二割増すとか、効果が曖昧すぎてちょっと眉唾っぽかったなぁ」

魔法具は、原動力となる核に込められた魔力の量によって、効果や質が変わる。使い古された核を使うと、腕のよい魔術師が組んでも粗悪なものしかできないらしい。

使い回しの核でも、魔力を生み出せる『精霊の子』がいない以上、値は上がるばかりだ。だから魔法具の値段も、効果の割に高値になってしまう。

「仮にこれが魔法具だとして、そんな高価なものを嫌がらせなんかのために使うかな？」

シェセール公爵が弟を嫌うのは、妻が実弟と不貞したからだという噂を思い出す。紫銀の貴公子は遊び人として名高いが、浮名を流す相手は未亡人か、資産家の独身女性ばかりだ。真偽は怪しい。

「残念ながら、くだらないことに喜んで大金を出す人間もいるのさ」

飽いた表情で、フレドリク様がため息をつく。

「もったいない。僕ならそのお金で作業場を作るのになぁ」

「レイはまたリンゴ酒の醸造所を作りたいのか？」

前々回にジョナスから借りたお金は、お酒を醸造する建物の資金になった。去年から出荷をはじめ、売れ行きも悪くない。あと三年すれば返済できそうだ。それでも前回分の借金がまだ残っている。入籍したからと、返済をうやむやにするつもりはない。

「僕の領地は山ばかりだから、次は家具の木工所はどうかな。職人道具が高くて、意欲のある人がいても始めにくいんだよ。耕す畑がない人も、手に職をつければ生計を立てられるし」

数代前にオルソー家が運営していた鉱山は、掘り尽くしたらそれまでだった。木工業なら山の手入れをすれば継続できる。

「君の言う、耕す畑がない人とはビグランドから逃げてきた人々のことかい？　オルソー領では彼らを積極的に受け入れていると聞いた」

フレドリク様の問いに頷く。

「年に数十人程度ですが。他の領主から断られて流れてきた人たちを追い返すのが気の毒で……。上手く定住に繋《つな》がれば、領地のためにもなると思って。ただジョナスには、受け入れすぎは互いのためにもならないから、拒否するのも領主の役目だと叱られています」

あとひと家族だけでもなんとかならないかと頼まれると、断れない。自分の未熟さに僕は肩を落とし、俯いた。

ビグランドとは、北部で国境を接している国だ。

十年前に内戦が起き、王政反対派が共和国建国後に内部分裂するなど、混迷を極めている。長く続く戦いに民も兵士も疲弊してしまい、さらに北部にあるザジェール王国に国土を半分奪われたのが去年の話だ。

フレドリク様が口を開く。

「ビグランド王国とバングヴァール王国は友好国だったが、王位を兄弟で争ったのが内戦発端だったこともあり、我が国はどちらにも与《くみ》しなかった。陛下は直轄領の開墾地を彼らへ開放しているが、故郷から少しでも近い場所に留《とど》まりたい気持ちは共感できる。北部ではレナルト君のような、心ある領主が皺寄《しわよ》せを受けている点は否めない」

誰かを過剰に褒めたり擁護したりもせず、穏やかに事実を述べる。それでいて最後のひと言は僕への気遣いが感じられ、嬉しくなった。

「レイ、無理なものは無理と断れ。もっと豊かな領地はいくらでもある」

ジョナスの言い分ももっともだ。近隣の領主は、無理のない範囲で受け入れている。オルソー領のように、借金してまで彼らに衣食住を提供している領主はいない。

「農奴同然の扱いをする領主もいるんだ。簡単に拒否できないよ。貧しくてもかまわないなら、できるだけうちで面倒みたい」

「だからオルソー家は万年貧乏なんだぞ。レイの家は家族みんな、働くのが好きだからなんとかなっているが、他の貴族なら非難囂々《ごうごう》だ」

「わかってるよ……」

リンゴ酒の醸造はその貧乏から脱する策だが、すべてを解決できるほどではない。

場の空気を変えるように、フレドリク様は話題を首飾りに戻した。

「しばらく置いて問題なければ、真珠をバラして売ればいい。せっかくの兄上からのご厚意だ。私たちのパンに替えて、ありがたくいただこう」

ジョナスが手にしていた首飾りを掲げ、珍しく自分からフレドリク様へ話しかける。

「公爵様の贈りものを売ってよいのですか？」

「好きでもない相手からもらったものを身につけるより、ずっとマシな選択さ。私も、兄の妻に手を出したなんだと濡《ぬ》れ衣《ぎぬ》を着せられて辟易《へきえき》しているんだ」

肩をすくめたフレドリク様の言葉に、胸を撫で下ろす。やはり、耳にしていた不貞の噂は嘘だったのだ。

「濡れ衣を着せられた上に同じ母上様を持つ兄の公爵様から冷遇されるなんて、フレドリク様がお気の毒でなりません。このオルソー男爵家に嫁入りしてくださったからには、貧しくとも穏やかに過ごせるよう、僕が全力で尽くしますから！」

ぐっとこぶしを握って力説する。

「では、初夜の件は前向きに考えてくれるのかな？　尽くしてくれるのだろう？」

藤色の瞳が愉快そうにきらめく。ぐんと増した紫銀の貴公子の色気にどきりとしてしまう。

さすが遊び人と言われる方だ。僕なんかをたぶらかすのは、朝飯前なんじゃないだろうか。

「えっと、それは……その、後ろ向きに検討していますので期待しないでいただけると……」

顔を俯け、赤らんだ頬を隠すと、くすくすと笑われた。楽しげな声に、僕もつられて笑顔になる。

「今日はこれ以上君を困らせないよ。私は少し部屋で休む」

僕を揶揄っただけらしい。フレドリク様はきらめく紫銀の髪を揺らし、立ち上がる。

「ハビ、行って差し上げて」

促すと、執事のハビはテーブルに色硝子で飾られた箱を置き、自室へ向かう主人を追いかけていった。

残された僕たちは首飾りを箱に戻すと、金庫にしまうべくともに書斎へ向かう。

午後の陽が射し込む廊下を歩きながら、ジョナスは自分もアクセサリーを贈りたいと言い出した。

「耳飾りはどうだ？」

昔からつけているイヤーカフに視線を感じた。僕は気に入っているのだが、彼は昔からこれがあまり好きではない。

「昔から贈りたがってるよね。でも、僕にアクセサリーなんて似合わないよ」

「その銀のカフはずっとしているじゃないか。お守りなのはわかるが、そろそろ俺の贈るものに替えてほしい。これからは妻の俺がレイのそばにいる」

手に馴染んだカフをいじり、俯く。ジョナスの言い分に間違いはない。

「これをつけてから変に注目されなくなったんだよ。外したら、また元に戻るんじゃないかって不安なんだ」

「それは知ってる。俺たちが妻になったからには、もう目立ったって平気だろ？　だから、その……俺にレイを守らせてくれ」

顔をしかめ、まるで怒っているみたいな表情なのに、頬は赤らんでいる。

「素顔になってもらいたいってこと？　その方が嬉しいの？」

「顔を隠しても隠さなくても、レイがしたいように振る舞えれば、それが俺の喜びだ。鳥の巣頭のお前も好きだし、責任感を持って仕事に熱中しているお前も、ずれた眼鏡を押し上げる手つきも可愛いから……その、まったく自分は何を言っているんだ！」

額に手を当てて舌打ちするジョナスに、笑ってしまう。

「わかった。気持ちはわかったよ」

しどろもどろになった彼を慰めながら、本当に僕が好きなんだと、改めて彼の好意を実感した。自分より背丈も体格もいい、誰より腕の立つ騎士が、不思議と可愛く見える。しかし、それはあくまで幼馴染みに対する好意の延長だ。

「理解しているのか？　初夜の件だって俺は本気だ。それに冗談めかしているが、フレドリク様も本気だぞ。大丈夫か？」

妻となったフレドリク様から本気で迫られたら、夫の立場で断るのは失礼になるだろう。上手く切り抜けられる自信もない。

「……しなきゃ、だめかな？」

困り果ててジョナスを見上げる。彼の眉間にぎゅっと深い皺が寄った。

「もしフレドリク様が無理やりお前を襲ったら、俺を呼べ。本当に嫌なら、フレドリク様を殺してやる」

ぼそりと呟かれた内容は過激だ。彼の袖を引っ張り、声を潜めて「冗談でも物騒すぎるよ！」とたしなめる。いくら冗談だろうと、フレドリク様に長らく仕えているメイドたちに聞かれたら大変だ。

廊下を見渡し、誰も聞いていないのを確かめる。そんな僕の頬へ彼の手が伸び、そっと触れた。すっと表情を消した彼が、足を止めてこちらを見つめる。

「二人で外国に逃げよう。俺は剣も弓も得意だから、どこへ行っても猟師や用心棒をしてお前を食わせてやれる」

「もうジョナスったら、冗談にしてもキツいってば」

面白くないからねと念を押すと、彼の顔から力が抜け、眉が下がった。手を放した彼はぼんやりと前に向き直り、再び歩き出す。

「……冗談だ。オルソー領にはレイの家族がいるし、領主として領民を守る義務もある。領民じゃないビグランド人たちの面倒も見なきゃならないしな。二人きりで逃げるなんて、無理な話だ」

「ジョナス、どうしたの？　なんか変――」

「せめて俺が贈る耳飾りをつけてくれないか？」

僕を遮り、ジョナスが言葉をかぶせる。

心からの願いだと、切羽詰まった表情が僕へ訴える。だが、僕は彼のように恋心を持っていない。同じ愛情を差し出すことはできないが、誠意は見せたい。

「そうだね。心の準備ができたら必ず君がくれたものをつけるから。絶対」

「絶対だぞ」

彼の真摯な声音に微笑みで返す。僕が小指を立てて差し出すと、黙って小指を絡め、ゆびきりをした。

幼馴染みの指は剣や手綱を握り続けているせいで、僕より硬い肌だ。そして体温は少し低い。小指一本触れ合わせただけなのに、いまさらながら違いをたくさん感じてしまう。

互いに王都にいれば、週に一度は会う相手だ。そんな彼についてはなんでも承知しているつもりだったが、違うのかもしれないと不安になった。彼の真剣さを言葉では理解しても、芯からわかってはいなかったのかもしれない。

——ジョナスの気持ちを知っていたのに結婚したのは、間違いだったのかな。身勝手だけど、僕以外の人を妻や夫にされるのも嫌なんだ。

彼に対する独占欲は、胸の奥に隠している。自分にばかり都合のいい願望は、口にできない。失望されたくなかった。

ちらりと彼を見上げる。ジョナスは咳払《せきばら》いをしてから、いささか上擦った声で、それにしてもこんな豪華なのに使わないなんてまさに宝の持ち腐れだと、首飾りを素手で持ち上げた。

「直接触って大丈夫？」

「平気だ。なんともない」

彼の顔色に変化が起きないか注意深く観察したが、また少し頬が赤らんだだけで何も起きない。

「前に、騎士団でも戦いのときは矢を逸《そ》らせる魔法具が配られるって言ってたよね？」

「効果は高いが握りこぶしぐらいの大きさだ」

大きすぎて懐に入らず、腰から下げて使っているそうだ。

騎士団に配布される魔法具は、王宮がかつての精霊の子から献上された魔法具の欠片や核を利用している分、質は高い。それでもこの首飾りについた真珠の、何十倍も大きいのだ。

「この中に魔力が込められた核が入っていたとしても、小さすぎて役に立たないんじゃないかな？　警戒しなくても平気かもね。どうせ結婚式は挙げないから、使うこともないけど」

「レイがつけたら似合うだろうに、もったいないな」

お世辞ではなく、本音で言っているのだろうと思うと、くすぐったい気持ちになる。

「豪華すぎて僕の身の丈に合わないよ。あー、この贈りもののお礼もしなきゃ。偉い人に礼状書くの、気が重いなぁ」

「それは夫の仕事だからな。レイがやるしかない」

えー、と不平の声をあげる。長年馴染んだ軽いやりとりだ。さっきまでの妙な緊張感が抜けたことに胸を撫で下ろす。

書斎の扉を開いたところで、メイドに呼び止められた。騎士団から入籍祝いの花が届いたという。

「俺が今日休んだ理由が、ものの数時間でバレたようだ」

貴族管理局から情報が回ったに違いない。肩をすくめたジョナスの背を叩く。

「この礼状はジョナスが書くよね？」

「末尾のサインはしてくれよ？」

「もちろん」

幼馴染みとして互いに見慣れた笑顔で別れる。届いた花を確認しに玄関へ向かう彼の背中を見送ってから、書斎へ入った。

扉付きの書棚に置かれた金庫の中は、ずいぶん前から空っぽだ。久しぶりに入る貴重品にちょっとした感動を覚える。箱を置き、扉を閉めかけたところで手を止めた。

机の中に、身だしなみを整えるための手鏡があったのを思い出す。

「ジョナスは似合うはずだって言ってくれたし、ちょっと当ててみるだけしてみようかな」

好奇心が抑え切れず、金庫の中に置いたまま蓋を開け、中身を手にする。

ペンダントトップの位置に特大の真珠が輝く。そこから左右にグラデーションをつけて小さくなっていくが、それでも粒は大きい。青味がかった照りも美しく、窓へかざすと虹色に光を反射した。

「きれい……」

胸元に首飾りを当て、引き出しにあった手鏡で映してみる。母が持っていたアクセサリーに惹かれた記憶はないが、これだけ豪勢だとつい興味が湧いた。

金具はどうなっているのだろうと見れば、磁石でつく仕組みだ。ある鉱石に雷が落ちて生成されると言われている磁石は、貴重なものだ。

真珠の重さを支えるのに足りるのだろうかと不思議で、好奇心のまま自身の首に通してみる。ぐらぐら上体を揺らしたが、外れない。

「高級だと、金具も高価なんだなぁ」

小さな手鏡では物足りなくて、窓にうっすら映る姿を探す。ちょうどよい角度と位置を見つけた。真珠の照り輝く眩《まぶ》しさに目を細めると、酩酊《めいてい》に似たふらつきを感じる。

「あれ？　疲れてめまいを起こしたのかな……」

なぜだろうと考えていたはずが、いつの間にか首飾りを凝視している。ふと、このまま身につけてしまおうと思いつく。

だって自分が使っていいともらったものだ。別にかまわないじゃないかと、何かに引っ張られるように気分が変えられていく。

「なんか、すごくいい気分」

ふわふわした心地で、僕は金庫も書斎の扉も開け放したまま、奥の階段から二階の自室へ戻った。

◆

◆

◆

神雷の騎士の名は、過去の戦いで俺が真っ先に敵陣へ切り込んだ際、目の前で落雷が起きた出来事が由来だ。それは複数の敵兵を失神させ、敵陣深くへ攻め入る契機となった。

馬上で剣を振り上げた俺に落ちなかったのは、魔術師が作り、操作した魔法具による雷だったかららしい。

誰かが言い始めた神雷の騎士の名が知れ渡ったころ、最初に剣を振るう者を支えるため、王宮付きの魔術師が特別に行ったものだと発表された。以降、落雷は行われていない。だが、それを知った敵兵は、バングヴァールが布陣した中に魔術師たちを見つけると尻込みするようになり、戦いは楽になった。

落雷は俺の手柄ではないが、人々は先陣を切った勇気を称え、その名を口にしてくれる。一番嬉しいのは手柄が注目され、褒章を受けやすくなった点だ。中隊長の肩書がつき、給金も上がった。平民にしては早い出世だ。

俗で悪いが、騎士になった目的のためには大事なことだ。

騎士として身を立てるため、性欲を覚える暇もないほど身体を鍛え抜いてきた。品行方正に努め、外面もよくしている。

一方、王都で騎士を目指したことで、貴族学校に通うレイに心細い思いをさせてしまったのは悔しさが残る。万が一のために、召し使いでも従僕としてでも彼のそばにいたかった。しかし、それではレイの結婚相手にはなれない。

男爵家なら、平民の自分でも嫁にしてくれる可能性がある。その目的のためには、騎士として身を立てる必要があった。

そして今日、俺は十年来恋をしている幼馴染みの彼と入籍し、夢を叶えた。

妻になれるならなんでもすると願ったはずが、叶ってしまえば新たな欲が出る。人間の性《さが》なのだろうか。

騎士団から贈られた祝いの花を確認したのち、もう一人の妻になった男の部屋へ向かう。ノックをし、応《いら》えとともに入室した。

彼は机の前に立っていた。何かを隠すような位置が気になった。その足元に落ちているものが目に留まる。

こちらの視線に気づいた彼は妙に素早い動きでそれらを拾い、引き出しへしまう。平静を装っているが動揺の色が見えた。

「騎士殿、なんの用だ？　我らは二人で部屋に籠もるほど仲良くないはずだが？」

尖《とが》った声には警戒が滲《にじ》んでいる。

一瞬見えたものは、砂利めいた小石や黒ずんだ木片、欠けた水晶など、脈絡がない。不思議に思ったが、触れてほしくなさそうだ。弱みを摑《つか》めるならそれに越したことはないが、いまは彼から恨みを買いたくない。何より、彼とは話さねばならない問題がある。

「同じ夫を持つ妻として、一度あなたと腹を割って話し合っておきたいのです」

敢《あ》えて様をつけず、同格の呼び名を使った。

「いいとも。私も望むところだ。余計な前置きはいらない。何を言いたい？」

フレドリク様は小石や木片をしまった机の椅子に座り、俺には長椅子を促す。窓を背にした男と、通路側の壁を背にした俺の間には、空間以上の隔たりがある。

「レイを抱くならば、一生彼を愛すると誓ってほしいのです」

腰を下ろし、いらないと言われた前置きを飛ばし、切り出す。

「誓えば抱いていいと、レナルト君ではなく貴様が許すのか？　おかしな話だ」

整った顔が皮肉げに歪《ゆが》む。醜い顔だ。俺もまた同じ顔をしているに違いない。嫉妬の顔だ。

「俺はレイを愛しています。だからこそわかる。己のみじめな結婚のために彼を選んだのは方便でしょう？　どこで彼を知ったかわからないが、あなたも彼に執着している。否定しても無駄ですよ。敵の匂いを嗅ぎ分けるのは得意なんだ」

「それで？　私に離婚するなと言いたいのか？」

冷ややかなほど平坦な声だ。貴人らしい迫力が漂ったが、剣をろくに握った経験のない相手に怯《ひる》む俺ではない。

「レイのそばにあなたがいれば、彼は顔を上げて外を歩けるはずだ。彼の見た目を知られれば、面倒事が起きるでしょう。腕力で収められるものなら俺が対処しますが、あなたの立場でなければできないこともある」

フレドリク様が時間を稼ぐように、ゆっくりと脚を組み替える。

「悪いが、約束できない。この先、離婚しないとは言い切れぬ」

「遊び人と言われるご気性が理由で？」

その程度の気持ちなのかと、嘲りの笑みが浮かんだ。大貴族出身のくせに頼れないのなら、邪魔なだけではないか。

「いや。この立場は良くも悪くも変わる可能性がある。離縁した方が彼の安全が図れるならば、それを選択するだろう」

「変わるとは？」

問いつつ、思いのほか難しい立場にあるのだろうかと考えを巡らせた。

「話せない。バングヴァールの国に関わる問題だ」

「なるほど、お立場のある方は難しい」

部屋の端と端で、挑むような鋭い視線を交わした。睨むと、彼はふいと目を逸らす。しばし黙したのち、今度は彼が口を開く。

「レナルト君をお前と呼ぶのはやめろ。私の夫だ」

確かに腹を割った要望だ。優越感をくすぐられ、口の端に笑みが浮かんだ。お前と呼ぶのは、レイと二人きりのときだけだが、今日はわざとフレドリク様の前で使った。あなたより俺の方がレイに近いと示したかった。

「あなたも呼べばいい。妻でしょう？」

「生意気な平民だな」

無表情の顔から辛辣《しんらつ》な言葉が出る。負けん気が起き、ぞわりと血がざわめいた。

「バングヴァールは戦に負けたことのない国ですが、それは我ら騎士が常に勝っているからだ。奪った命の数なら、どんな大悪党より多い自信がありますよ。同じ剣を振るうにしても、返り血を浴びない殺し方があると、殺しながら会得したほどです」

「頼もしいな。そういえば君は、私がレナルト君を無理に押し倒したら、殺すと言ったのだって？」

彼が連れてきた召し使いたちは、俺を監視でもしているのだろうか。主人に告げ口する早さに呆れる。

「彼が望めば殺しますよ。ですが、残念ながらレイはどんなに嫌でも、俺にあなたを殺させてはくれないでしょう。大きな国の中ではささやかかもしれませんが、彼はたくさんのものを背負っている。それはそれは大切に。それらを守るためなら、純潔も貞操もためらいなく差し出しますよ」

「襲爵が早かったわりに、あの子はよくがんばっている。ろくに社交をしてこなかった父親を恨まないところも美点だな」

フレドリク様は珍しく同調する。レイの長所をよくわかっているじゃないかと、見直した。レイが妻に選んだだけはあるようだ。

「独特な父親が商売下手すぎて、見ていられなかったんです。それでも恨み言は一切口にしない。もっとずるく立ち回ってもいいのに、お人好《ひとよ》しだ」

「同感だ」

「そこまで理解しているのなら――」

「彼を抱くなら一生彼を愛してほしいと？」

平民の俺では力が及ばないこともある。彼の力は必要だ。

「裏返して言えば――、一生愛せないならレイに手を出すな、と言いたいですね」

まなざしに力を込め、睨みつける。挑発された彼の片頬が、にやりと引き上がる。

「なるほど。貴様の本心が見えたぞ。あの子の初めてが私に奪われるのではないかと、不安なんだろう？ さすが童貞だ。自らの手で純潔を散らしたくてたまらないのか？ 綺麗事を並べておいて、本題は君の欲望の話だ」

「違う！」

立ち上がり、こぶしを握った。怒りで手が震える。

「違うだと？ 二人で迫れば、彼は間違いなく貴族の私を先に選ぶぞ。それでも君はいいのか？ 正直に言え。同じ夫を持つ妻として腹を割って話そうと言ったのは、君ではないか」

俺が言葉にできぬまま抱えていた懸念を、悔しいほど的確に言い当てられる。嚙み締めた歯の間から、声を押し出す。

「……レイは男爵家の嫡男だ。俺だけのものにならないことは、昔からわかっていた」

「諦められるのか？　夫を私と共有した上に、平民出身の君は常に私の一歩後ろに立たねばならないのだぞ？　私が抱いた彼を同じように抱く覚悟が、本当にあるのか？」

覚悟などできるわけがない。だから、遠回しに牽制《けんせい》しに来たのだ。

ライバルである彼によって暴かれた本音に、力なくうなだれる。

貴族たちの中で揉まれて育つと、こうも人の機微に鋭くなるものなのだろうか。剣の腕ばかり磨いてきた俺では太刀打ちできない。

脱力し、椅子に身体を沈ませる。長々と息を吐いた。

「こんな頼みはみっともないとわかっているが……レイの初めては俺にくれ。あなたは生まれながらにたくさんのものを手にしている。俺は二番目の妻としてあなたを敬い、優先しよう」

情けない本音を晒《さら》した。フレドリク様が俺を見る目には、嘲りも険もない。

「よくこれまで、レナルト君の前で無害なふりをしてきたものだ。彼が受け入れたらの話だが、初夜については、私からは誘わないと約束しよう。ただし、どちらが先かは彼に任せるべきだ。君は彼へ願うしかない」

「感謝する」

第一夫人の方が俺より一枚上手だと素直に認めると、気が楽になった。負けを認めたら

何もかも終わるような気がしていたが、思ったほど酷くない。

「彼の妻の座は、以前から狙《ねら》っていたんだろう？」

「当然です。俺との結婚をあなたが認めたのは意外でしたが。みじめな結婚を演出するなら、公爵家の名を捨て、男爵家に入るだけで充分だ。あなたこそ、何を狙っているのです？」

緊張が解けたせいか、さらりと口にできた。おそらく俺の知らない彼の本音は、まだあるはずだ。

「……私一人では不足だからだ。これ以上の理由は言えない」

「離婚の話と同じ理由ですか？」

「それも言いたくない」

言いたくない秘密とやらが理由らしい。

同じ妻とはいえ、所詮平民出身の騎士でしかない俺なら、誤魔化して答えてもおかしくない。そうしなかった彼を見直した。

「レナルト君が一人だけ屋敷で雇っていた掃除夫だが、あれは貴様が護衛を兼ねて用意した男だろう？」

調べられたかと、観念して頷く。

「老いてはいますが腕は立ちます。このまま屋敷に置いてください。あなたが連れてきた執事とメイドは優秀だが、暴力は不得意のようだ」

「君たちは幼馴染みだが、君は十年以上、彼に恋煩っているんだろう？　オルソー家に複数回にわたって金銭的援助をした件といい、幼馴染みどころか恋人の範囲を超えているんじゃないか？　ジョナス、君は重い男だな」

言葉だけならけなしているが、口調は軽い。

「初めて俺の名を呼んだ自覚はおありで？」

試しに、冗談めいた口調で問いかける。彼は怒らず、口角を片方だけ上げた。恋人に向けるお綺麗な表情とはまったく違う。仲間同士で交わすものに近い。

「もちろんさ。貴様は可愛げがないが、我らの目的は同じだ。そして互いに、彼にとって必要だと認め合っている。だから名を呼んだ」

「ご認識いただき、感謝申し上げます」

力の抜けた笑みで飄々と返すと、苦笑された。

話を終えた俺は、フレドリク様の部屋を辞した。

廊下に立ち、ふうと息を吐く。吸った空気は、部屋に入る前より軽くなった気がした。

◆ ◆ ◆

身体の異変を感じたのは、部屋に戻ってすぐだった。フレドリク様の心配が当たったのだ。


外そうとしたが、金具が外れない。のたうっているうちに、時間が過ぎていく。

長椅子に横たわり、顔にかかった髪をかき上げる。そこで、眼鏡がないと気づいた。

夕陽が射し込み、部屋の中は赤みを帯びた光に照らされている。辺りに視線をさまよわせれば、眼鏡は長椅子の下に落ちていた。

拾おうと手を伸ばす。服の布地が肌と擦れただけで、ぞわぞわと甘い痺《しび》れが広がった。

「ンッ、ぁぁン……なんで……」

助けを求めなければと思うのに、出るのは掠《かす》れた喘《あえ》ぎばかりだ。

執事のハビがドア越しに夕食を知らせに来てくれたが、必死で振り絞った声は「あー」のひと言だった。了解の意味に受け取られてしまったらしく、戻ってくる様子はない。

——……どうしよ。

耐え切れず、トラウザーズのボタンを外した。仰《あお》向《む》けになったまま肘掛けに足を置き、腰を上げて下着ごと一気に下げる。わずらわしい靴下ベルトも長靴下も、何もかも一緒くたにして蹴り飛ばす。

重怠い熱を発散すべく、薄い下生えの中から勃《た》ち上がったものを掴んで擦った。瞬く間に達したが、昂《たかぶ》った身体は疼《うず》き続ける。

同じように擦り続けたが、二度目は達せなかった。

自慰は滅多にしない。貧乏暇なしの言葉通り、寝台に入ればそんなことを考えるより先に眠りに落ちてしまうのだ。

上手く達せずにいるうちに、熱は腹の奥で重みを増していく。なぜだか股間の刺激では満足できない場所をいじりたくてしょうがない。もちろんいままでそこをいじった経験はないのに、なぜか尻の奥が疼く。

荒い息を吐きつつ、どうにかかせねばと顔を上げた。

壁際のコンソールテーブルに飾ったペーパーウェイトが目に入る。薄い緑の六角柱水晶から削り出した、竹という植物を模したものだ。

海を渡った向こうの大陸から輸入されたもので、ジョナスが誕生日に贈ってくれた。薄く透けた色味が美しい。

飾って楽しんでいたが、ふとその造形から不埒《ふらち》な用途を思いつく。目的が叶えられる期待のせいか、身体は動いた。下着を下ろしたまま、ひざをついてカーペットの上を進み、精で濡れた手で緑の水晶を握る。

手のひらから少しはみ出る長さのペーパーウェイトは円柱状で、雫《しずく》型の葉が数枚浮き出る形で彫られていた。

馬鹿なことはよせと理性が騒ぐ。自分が使おうとしている目的への罪悪感と、どうにかして解放されたい焦がれた願望が渦巻いた。

長椅子に上体を載せ、突き出した尻に、ひんやりとした石をあてがう。それだけで、肌がざわめいた。力を込めると痛みが走る。

ほんの入口で止まったそれをずくずくと前後に動かしながら、混乱した僕はずびずびと泣き出してしまった。


「レナルト君！」

濡れたまつげを上げれば、目の前にフレドリク様がいた。

陽は陰り、すっかり薄暗くなっている。みっともない姿を隠さねばと焦りが一瞬よぎったが、ぐつぐつと湧き上がる淫欲にかき消される。

「……ぼく、あつくて、くるしくて——おなかのねつ、とりたいのに。もお、でないの」

朦朧《もうろう》としつつ、訴える。とにかく身体の芯に居座る情欲を吐き出したかった。

「やはり、嫌がらせだったか」

薄紫の瞳が、悔しげに僕を見る。僕は床にひざをつき、上体を長椅子の座面に俯せ、尻を突き出している。シャツのボタンはすべて外れ、下は何も身につけていない。フレドリク様の前だというのに、尻の狭間《はざま》に埋めた水晶を動かす手が止まらない。

発情の熱に焦点をぼやけさせながら、己の手で股間を揉みしだく。

「やだ、やだ……フレドリク、さま……みないで」

見られたくないのに、してもらいたい。真逆の願いに葛藤する。

扉が開閉される音が立ち、聞き馴染んだ足音が迫る。乱れた足音は、持ち主の動揺を表していた。

「これは――レイ、この首飾りのせいか？」

肩を摑まれ、ヒっと声が漏れる。鋭敏になった肌に触れられるだけで、身体が震えてしまう。涙で滲んだ視界の中、瞬《まばた》きをして焦点を合わせる。衝撃を受けているジョナスの顔が見えた。彼が来てくれたことに気が緩み、さらに涙が溢《あふ》れる。

ジョナスが金具部分を力任せに引っ張ったが、外れない。ぴったりと貼りついた磁石は、初めから一つの石であったかのように離れなかった。ならばと真珠を通した糸を引きちぎろうとしたが、どんなに力を込めても、ナイフの刃を当てても切れなかった。

「ただの糸にしか見えないのになぜだ！」

憤る彼の隣で、フレドリク様は真珠部分を手のひらに乗せ、軽いと呟く。

「魔法具だ。おそらく真珠一つ一つに魔力の籠もった核が仕込まれている。切れない糸も外れない金具も強制発情も、全部魔法具の作用だろう」

冷静な声が部屋へ響く。ぼんやりした頭で彼らの声を拾ったが、意味を理解する前に滑り去ってしまう。

「この真珠全部がそうだっていうのか？」

立ち上がった彼らの声が離れ、足元の方へ移動した。

「金の無駄遣いだな」

「レイはどうなる？」

「魔法具の効果が切れるまで発情し続ける」

会話が途切れ、沈黙が漂う。ふうっと悩ましい息を吐き出した僕へ、彼らの目が向けられた。

やめたいのに、手は胸の粒をいじり、尻の狭間でペーパーウェイトをずこずこと前後させてしまう。

「やだ、やぁ……みないで」

ぱんぱんに膨らんだ股間を突き上げる動きで、腰が勝手にかくかく揺れる。はしたなく身体をうねらす姿に、フレドリク様は痛ましげに顔を背け、ジョナスはうろうろと歩き回った。

「レイ……」

　動揺する幼馴染みの顔を見たら、また涙が込み上げてきた。

「ジョナスの、つかってごめん……」

「いや、このペーパーウェイトはお前にやったんだ。……使っていい」

　彼の視線が僕の尻に注がれる。幼馴染みに見られたまま腕を後ろに回し、細長いペーパーウェイトを自身の尻に沈ませる。あふっと吐息が零れた。ジョナスが怖い顔で喉を鳴らす。

「俺にできることはあるか？」

　魔法具に詳しい様子のフレドリク様へ、問いかける。

「……楽にしてやれ。お前の気持ちはさっき聞いた。そのお前が心を込めてしてやるなら、正気に戻った彼も傷つかないだろう」

　楽にするとは何を指しているのかわからないが、それより彼らの前で痴態を晒し続けるのが辛《つら》い。

「ぼくをひとりにして……みないで」

　長椅子に顔を伏せ、かすかに残った理性で首を振る。

「レイが嫌がっている。俺にはできない」

「ある夫人は、メイドに手をつけた夫を懲らしめるためにこの型の魔法具を使い、効き目がよすぎて発狂させてしまったとか。魔法具の効果が切れても、そのままだったそうだ。短くて一晩、長ければ一週間続く。情欲を吐き出させてやらねば乗り越えられないぞ。渇望で苦しむ彼を一人にできるのか？」

のけ反って裸体をうねらせながら、たまたま耳が拾った『一週間続く』というフレーズに、冷や汗を浮かべる。

「むりっ、じょなす、たすけて」

ずびっと洟《はな》をすすった。フレドリク様が険しいまなざしで、ジョナスを見遣る。

「……やる。終わるまで続ければいいんだな？」

「兄はタチが悪い。一晩で済まないだろう。私が解術してみる。魔法具からの影響が一番薄くなったときを狙いたい」

身体が好き勝手に動き、みっともない呻《うめ》き声が漏れる。これ以上、二人の目の前で擦りたくないのに、やめられない。みっともない姿を晒す辛さに耐えるので精いっぱいで、二人の声が聞こえても、理解はできなかった。

「解術だと？　特別な魔術師にしかできない難しい術ではないのか？　なぜあなたが？」

「ジョナス、他言無用だ。騎士の魂に誓え」

呻きながら、腹の下で手を上下させる。手中の熱塊がピクピクと血を凝《こご》らせて悦《よろこ》んだ。快感の波の合間に意識が浮上する。

「わかった。これから目にすることは秘密にすると誓おう」

二人のやりとりを耳にしながら、頬が濡れていくのを感じた。よだれを垂らして喘いでいるらしい。もう自分の身体ではない気がした。


古き魔力は眠り、新しき星が地を統《す》べる。

組まれし術はほどけ、燃え尽き、塵《ちり》となる。

我が力、支配を破る矛となれ。


誰かが歌っている。

これはフレドリク様の声だ。聞き覚えのない音程は、よく聞けば歌に似ているだけで違うようにも聞こえた。

ゆっくりとまぶたを開く。ジョナスに運ばれたのか、僕の身体は寝台の上へ移っていた。

「レイ、長年お前に触れたくてしょうがなかったが、まさかこんな理由で許されるとはな。くそッ、戦場よりも緊張する」

上着を脱いだジョナスがひざをついていざり寄る。ためらう手がいつになっても宙に留まっているのに焦れ、フレドリク様がジョナスの手を僕の股間に押しつけた。

「あぅッ、ぁン……」

だらしない声をあげながら、僕はのけ反り、彼の手へ汗ばんだ股間を擦りつける。

それでも手を開いたまま固まっているジョナスに痺れを切らしたフレドリク様は、彼の手ごと揉んで手本を示した。

「ン……」

そのまま彼に陰茎を握らせると、自身は僕の脚を開かせ、尻に嵌《は》まった水晶を指先でゆっくりと押す。ぐっぷりと奥まで嵌めると、摘まんでずるずると引き出した。

その間も彼はおかしな歌を口ずさみ続けている。

「は、んンンっ……？」

前後同時に刺激され、身体がびくびくと震える。張り詰めていた股間がようやく達した。やっと訪れた放埒《ほうらつ》に、満足な吐息を細く長く零す。

素早い手つきで全裸になったジョナスは、僕に寄り添うように身を横たえる。

二度目の放埒に、ぼやけていた意識が浮上する。腹の奥から湧き出る疼きに、終わりはまだ遠いと感じた。これを乗り切るには、一人では無理だ。

かたわらの幼馴染みを見上げ、切ない声で訴える。

「まだ熱いよ……ジョナスお願い、お腹の奥の熱を取って」

彼は唇を舐《な》めて緊張をなだめると、果てたばかりの陰茎を握る。手つきは不器用で、じれったい。人のことは言えないが、本当にこういった経験がないのが伝わってくる。

痛くないよう気を遣っているのだろうが、物足りなくてしょうがない。本当は尻を水晶でもっと突いてほしかったが、半端に残った理性が邪魔をして口にできなかった。

そもそもすでに二度も放っている。これが限界なのかもしれなかった。

フレドリク様は僕が放った時点で手を離し、目を閉じて不思議な歌に集中している。

「ぎゅって、ぎゅって、いっぱいこすって」

半泣きで何度も強請る。彼はそのたびに頷くが、ちっとも要領を得ない。すすり泣きながら自らの手でした。僕も上手いとは言えない。

それでもジョナスよりはマシだった。己の胸と股間をそれぞれいじる姿を、彼は困った顔で見つめている。

「俺の手より自分でやった方が気持ちいいのか?」

頭を縦に振って肯定する。

「自分で、する」

手を宙にかざしたまま困惑する彼の前で、自慰をした。利き手できゅっと上がった陰嚢《いんのう》から粘度の高い体液を垂らした亀頭まで、こねるように揉む。

尻からはみ出したままの水晶を意識すると、窄《すぼ》まりに力が籠もった。応じて揺れる緑の水晶を想像すると、息が漏れる。それをジョナスがカッと見開いた目で注視してくる。

情けなさと羞恥でぐずぐずとすすり泣くと、フレドリク様が歌をやめ、苛立った声でジヨナスを詰《なじ》った。

「レナルト君より拙《つたな》いとは、使えない騎士だな。これでは解術以前の問題だ」

その言葉はジョナスに向けられたものだが、自分も自覚があるせいか、壊れた情動は涙を溢れさせる。

「手業がないなら、舐めろ。相手の反応を見ながら、たっぷりと唾液をつけて舌で擦るんだ。歯は絶対当てるなよ。舐める力も緩急をつけろ」

「レイをそんなふうに舐めていいのか？」

「ああ。好きなだけ舐めろ。ただし、相手の反応を見て調節するんだ。自分勝手なやり方は決してするな。見てろ」

両脚を広げられ、その間にフレドリク様の紫色を帯びた銀の頭が沈む。温かいものに包まれる感覚と美しい髪が上下に揺れるリズムとが同期し、畏れ多さと相まって目の前がちかちかした。

「はァッ、き、きもちいぃ……あぁぁンッ」

快感にとろけた顔で喘ぐ。じゅぶじゅぶと酷い音を立てながら数度吸われただけで、あっという間にイってしまった。

先端から吐き出された精は幹を伝って赤毛を湿らせ、陰嚢に貼りついた。鎮まらぬ昂りを卑猥な手つきで嬲《なぶ》られながら、先の小さな口を舌先でいじられたり吸われたりした。不意に強く啜られ、たまらず声をあげる。

「そこぉ、んーーッ！」

見下ろせば、先端の尿道口に舌先を押し当てながらにやりと笑ったフレドリク様と目が合う。尖らせた舌先が覗き、その赤さが卑猥《ひわい》だった。

「相手でも自分の精でもいい。専用の潤滑油を使用したいが、いまは持ち合わせがない。とにかくたっぷり濡らしてから、くびれを刺激するんだ。舐めたりすすったりしてもいい。お前がしっかりイかせてやらなければ、私は解術できない」

やってみろと手を離され、芯が通ったものがゆらりと揺れる。場所を入れ替わったジョナスがおそるおそる握った。上下に擦ると、残滓《ざんし》が先端に滲む。ぺろりと舐められ、期待に下腹へ力を込めた。

「ためらうな」

フレドリク様の言葉に背中を押され、ジョナスは僕の性器を口いっぱいに咥《くわ》える。頭を起こし、唾を呑み込んで彼の口元を見つめていると、こちらを見上げたジョナスと視線が絡む。

不意に何かを振り切るように、脇からしゃぶりつかれる。下卑た音を立てながら、摑んだ陰茎をジョナスの広い舌が舐め上げた。

「ひ、あぅ、ジョナスッ」

彼の短い金髪に手を伸ばす。上下左右に揺れるのを感じながら、もっともっとと自《おの》ずから脚を開いていく。腰がぴくぴくと持ち上がった。

歌が再開される。そのころには、僕もこの歌が自分の危機を救うものだと理解していた。

しばらくして薄くなった精を放つが、どろどろとした疼きは収まらない。

僕の精液を呑み込んだ幼馴染みは、呆然としている僕をぎらついた目つきで見下ろす。

いったん歌い終えたフレドリク様が額に汗を滲ませ、渋い顔で頭を振った。

「この程度ではだめだ。もっと深い快感で身も心も空になってもらわなければ、解術の隙ができない。レナルト君、脚を上げるよ。痛かったら言ってくれ」

ひざ裏を押され、高々と上げさせられる。腰の下にクッションを押し込まれた。

「水晶をここに咥える眺めは絶景だが、これじゃ不十分だ。抜かせてもらうよ――ジョナス殿、私が合図するまで挿入は待て」

フレドリク様は自身の口ですんなりと長い指を唾液で濡らす。晒された窄まりをひとまわり撫で、つぷりと挿《さ》し入れた。魔法具によって強制的に鋭敏にされた身体は、しゃぶるように中を蠢《うごめ》かせる。

「柔らかい。水晶がいい働きをしたね」

「ふっ、うン……そこ、きもちい」

すらりとした指を咥え、ひくりひくりと窄まりが蠢くさまをジョナスは睨むように凝視している。

「私の指に添わせて君の指も入れてみろ。解れたら、中を突いてイかせた方がいい。中は傷つきやすいから慎重にな」

「俺の指を、レイの中に……」

「指で慣らして柔らかくするんだ。身体と同じで馬並みのそれを素人《しろうと》に使うのは気が進まないが仕方ない。突く前に、お前の精を中へ塗り込んでよく濡らせ。入れるのはそれからだ」

さらに彼の指を導き、中のしこりの在りかを教えた。撫でられるたびに、ぶるぶると太ももが勝手に震えてしまう。すっかり興奮しているジョナスの口は、ずっと開きっぱなしだ。

別々の意思を持った二本の指が中を巡る。尻をいじられるうちに再び硬くきざした陰茎が、透明な粘液を垂らしながら揺れる。熱に浮かされたような目でそれを見つめた彼は唇を舐め、おもむろに己の大きな口中へ収めた。根元まで喰《く》らわれた僕から、おうッとおかしな声が出た。

いつの間にか、不思議な韻律が再開されている。彼の指が増やされると、ジョナスも同じく増やした。

四本を余裕を持ってずぶずぶと飲み込めるようになったころ、フレドリク様の指が抜かれ、汗ばんだもう一人の妻の背中をとんと叩いて合図する。

「レイ、まずは尻にかけさせてもらうぞ」

苦しそうに張った股間を扱《しご》き、僕へ見せる。芋のごとき塊に嘘だろと目を瞠ってしまった。

大丈夫だからなと、動揺する僕をなだめつつ、中腰で尻の狭間に先端を塗りつける。その芋の先を尻の窄まりに三度擦りつけただけで、熱い粘液がどっと尻を伝った。

「お前の尻の中に、俺の精液を塗り入れるからな。そうすれば大丈夫だ」

「やっ、入らない……よぉ」

それしきのことで大丈夫なわけがない。「嘘」「無理」と切れ切れに訴える。

頭を振った。いつだって僕に気を配ってくれる幼馴染みは、僕の窄まりに自身の精液をちゅぶちゅぶと一心不乱に送り込み、こちらに気づかない。フレドリク様は目を閉じて詠唱に集中してしまっていた。

「やぁ、あっ、じょな、す」

「ゆっくりするからな。痛かったら言ってくれ」

こわい、いやだ。しかし、身体の反応は真逆だ。

体内で煮え立つ淫欲を壊して四散させてほしい思いと、身体が裂けるのではないかという恐れが入り混じる。

「あ、た、たすけて」

「いま助けるからな」

先端をあてがわれる。掲げた脚の間に、ジョナスの険しい顔が見えた。彼の視線は、漲《みなぎ》った雄を押しつけられた尻穴に注がれている。

体重がぐっと乗せられる。それに少し遅れて、ぎゅるりと先が入る。はうっ、と声が漏れた。水晶の棒と指で緩められたそこは、幼馴染みの肉塊をゆっくりと呑み込んでいく。

指とは違う太さと熱、弾力を内側で感じると、恐れは蒸発するように消え失せた。求めるものはこれだと本能で感じる。

「あッ、コレ、これぇ」

もっと欲しくてたまらない。快感に顔を歪ませてジョナスを見れば、真剣な表情で腰を揺らしている。そのたびに、ぬくりぬくりと亀頭が奥へ呑み込まれていく。

「入った、レイ……お前の中だ。狭くて熱くて……気持ちいい」

逞しい胸は汗ばみ、割れた腹筋がひくつくと、連動して浅くねじ込まれた陰茎も同じ反応を見せる。

「きて、ジョナス……もっと中にきて」

「まだだめだ。怪我《けが》をさせたくない。馴染むのを待つんだ」

ぴんと張った縁を撫でられる。早く腹の奥を埋めてもらいたくてたまらない。焦《じ》れた僕は脚をそわそわと動かし、彼の肩へふくらはぎを擦りつける。

「やだ、早く。お尻、突いてってば」

「レイ、もう少し待て」

いじわるな幼馴染みが憎らしい。手が届くなら叩いて急《せ》かしたいが、いまは足しか届かない。代わりに両足首を彼の首へ添わせ、力を込めた。

「ジョナスのばか、いじわる。欲しいって言ってるのにぃ」

「こら、頸動脈《けいどうみやく》を押さえるな。俺を気絶させるつもりか」

「だって……ほしい。ほしいのッ」

尻を振って強請る。震える息を吐いたジョナスが、少しずつだぞと言い置いて、ようやく侵入を再開させた。引いては押すを慎重に繰り返す。穿《うが》つ深度が徐々に増していく。

「あぁぁ、奥、突いて……ジョナス」

「まずは入れるだけだ。突くのは、レイのここが耐えられるまで慣れてからだ」

もう少しなのに満たされない。霞《かす》んだ意識の中、欲しい欲しいとうわごとのように繰り返しながら涙を零す。

「レイ……あぁ、レイ……」

身を屈《かが》め、苦しげに何度も囁《ささや》く。奥に入れてもらえない不満で頭がいっぱいだった僕は、無意識に彼の唇を噛んだ。体の中で暴れる淫欲そのままに強く吸う。わずかに血の味がした。ぺろりと舐めて味わうと、今度は彼からきつく吸われる。舌を絡め合い、互いの唾液をすすった。

キスに気を取られているうちに、押し込まれた陰茎に腹の中が慣れてくる。

「いくぞ」

充分な頃合いを見て、抽挿《ちゅうそう》が始まる。助走から本気の動きへ変わると、イイ、イイと呆《ほう》けた顔で呻いた。

尻の奥を突かれて達しても、彼の腰は止まらない。僕ももっともっとと尻を振って欲しがった。

伸《の》しかかる分厚い身体が、僕の上でガツガツと腰を振る。彼の陰毛がどちらのものかわからない精液でべったりと濡れた。

歌に似たそれは続いている。同じ韻律が繰り返され、寄せては引く波の響きにも、山を越えるようにも聞こえた。

とどめのごとく、とりわけ深く穿たれる。脚を伸ばし、僕も気をやった。出すもののない絶頂は長い。ジョナスから首の後ろへ手を回され、肩を固定されたまま、さらに奥をえぐられる。

墜落に似た感覚に襲われた。次いで、恐ろしいほどの快感に気が遠のく。

フレドリク様の声がひと際強く響いた。低く強い詠唱は、身体の奥まで届きそうだ。

首の周りで真珠が細かに振動し、軋《きし》み始める。割れる音がいくつも起きた。

首がちくちくしたと同時に、あれほど辛かった欲情の熱が引いていた。

顔の脇に転がったものを見れば、真っ二つに割れた真珠だ。中央の核部分には丸く削り出された木片が、外殻同様割れている。

「魔法具が割れた……」

ジョナスが呻き、隣に倒れ込む。荒い息を吐きながら、ぐったりと寝台に身体を沈ませる。

終わったのだと安堵《あんど》した途端、強い眠気に引き込まれた。

絡まったくせ毛を誰かがかき上げる。閉じたまぶたを苦心しつつうっすらと開くと、フレドリク様が僕の耳にある銀のカフを見つめているのがぼんやり見えた。


喉の渇きに目が覚めた。

灯《とも》ったままのランプが目に入る。油がもったいないと手を伸ばそうとして、すぐそばに誰かがいるのに気づいた。見れば、フレドリク様が椅子に座ったまま目を閉じている。浅

い眠りだったのか、僕が身じろいだのに気づいて目を覚まし、水を飲むかと聞いてくれた。囁く声は低く、穏やかだ。言葉が上手く出なくて、黙って首を縦に振った。

グラスに手ずから水を注いでくれる。

身体を起こしかけ、腹にジョナスの腕が乗せられていたのを知る。全裸のジョナスは腰にシーツをかけ、眠っているようだ。

僕は裾の長いパジャマを着せてもらっていた。

「身体は拭いておいた。まだ体調が戻っていないだろうから、湯につかるのはもう少し寝てからの方がいい」

醜態を晒した僕を見る、彼の表情は柔らかい。丸みのある声の響きに、本当に心配してくれたのだと感じ、胸が温かくなる。

「すみませんでした。ご注意くださっていたのに軽率でした」

差し出されたグラスを受け取る。やっと出た声は掠れていた。

「謝らなくていい。魅了の魔法具もあったに違いない」

「みりょう?」

「強引に相手の気を引く効果だ。巷《ちまた》に出回っているのは弱い効果の恋まじない程度のものだが、これは強い魔力が残っている材料を使ったんだろう。込められた魔力が強ければ、発動する魔術の効果も強烈になる。君は責任を感じなくていい」

慰める声音はあくまで優しい。フレドリク様の歌がなければ、ジョナスが手を貸してくれたとしても、一週間苦しみ続けたかもしれない。

高貴な立場ゆえ明かしていないだけで、魔術師の素養があるのだろうか。

魔力の匂いを嗅げる者なら魔術師になれると言われている。

湯水のごとく次々と魔力を生み出せる『精霊の子』とは比べるべくもないが、魔力の存在を感じられる程度の人間なら、町に数人いるものだ。

その中でも、生業にすべく修行を積み、核に含まれた魔力量と質に見合った魔術を組める者——作用に至る発動条件と分岐ごとの処理を細々と組める者が魔術師を名乗れる。

「助けてくださり、ありがとうございました。あの不思議な歌は一体……」

見上げた彼の表情が一変し、冷ややかな空気を纏う。

不思議な韻律の言葉と音の羅列は、目覚めると何一つ覚えていなかった。だが、魔法具は壊され、術も解けている。

「フレドリク様が昨日唱えてらっしゃったものって——」

「忘れなさい。ジョナスにも他言しないよう誓わせた」

ぴしゃりと問いを制される。物腰柔らかな彼だから油断していた。妻になったとはいえ、彼は自分とは違う世界の人なのだと思い知る。

「……はい。僕なんかのために、お手を煩わせてしまい、申し訳ございませんでした」

俯き、深々と頭を下げた。空になったグラスを無言で取り上げられる。まだ喉の渇きは残っていたが、言えなかった。

フレドリク様は「すべて忘れるように」と僕に念を押し、部屋を出ていった。

彼の背中が消えると、息を吐く。魔法具のせいだとはいえ、まんまと罠にひっかかってしまうなんて、己の愚かさが呪わしい。

ランプのつまみをねじり、灯《あか》りを消した。暗闇に目が慣れるのを待つ間、ぼんやりと虚空に視線を漂わせる。

自分の身に起こった出来事は信じがたいが、現実であることは気怠い身体が証明している。

ジョナスの寝ている方へ寝返りを打つと、眠っていたはずの彼がこちらを見ていた。

「起きていたの？」

「レイがランプを消そうとしてフレドリク様に気づいたときに、目が覚めた」

カーテンの隙間から射す月光のおかげで、気恥ずかしげな表情が見えた。

「ほとんど最初からじゃないか。寝たふりをしていたの？」

太い二の腕が伸び、髪をかき上げられる。彼の汗の香りに、まぐわった記憶が呼び起こされ、頬が熱くなった。

「すまん。どんな顔をしたらいいかわからなかったんだ。俺が慣れていないから、手際が悪くてレイを長く苦しめてしまった。フレドリク様から導いてもらわなければ、傷つけていたかもしれない」

「迷惑かけて、ごめんね」

「身体は平気か？」

もしや彼が気遣っているのは、ジョナス自身を受け入れた部分についてだろうか。そこについて語るのは気恥ずかしく、落ち着かない気持ちになる。

「……うん、多分」

頷きながら、彼の下唇に残る傷が目に入る。あれは、最中に僕が噛んでつけたものだ。

「多分って、痛みがあるのか？　腰か？」

向かい合ったまま身体を近づけ、背中から腰へ何度も撫で下ろされる。大きな手のぬくもりに安堵すると同時に、この手で抱かれた感触が思い出されてしまい、彼の顔を直視できない。

「怠いだけだから。それより、僕、なんて馬鹿なんだろう。フレドリク様にもジョナスにも呆れられてもしょうがないね」

「魅了の魔法具があったって、フレドリク様も言っていたじゃないか」

「フレドリク様が不快な思いをなさったことに変わりはないよ」

「あのお方がどう思おうと、俺はお前のそばにいる。戦場に出ているときも、心はお前のいつだって彼だけは僕の味方だ。疑いなく信じられるのが、僕とジョナスの絆《きずな》だと思う。

「ありがと」

呟くと、ぎこちなく身を乗り出したジョナスが、額に口づけをしてくれた。

幼馴染みだけの関係だったころにはしなかった振る舞いだ。

「僕たち、夫婦になったんだもんね」

「気にするな。妻と夫が抱き合っただけだ。新婚夫婦としてごく当然の夜だったと思おう」

耳を打つ声は静かで優しい。彼の心遣いが嬉しかった。


陽がすっかり昇ってから湯につかり、身体の汚れを落とした。何をどうしたかはなんとなく覚えているが、現実味が薄い。

ハビがフレドリク様からの伝言を伝えてくれた。用事ができたからしばらく屋敷を空けるという。すでに出掛けてしまっているらしく、言葉も交わせなかった。

とんでもない結婚祝いをくれたシェセール公爵へ礼状を書くべきか悩んでいると、ハビからレナルトの名前で手頃な花を届けてはどうかと提案され、手配を頼んだ。

ハビいわく、手紙を書いても読まずに捨てるか、読んでも難癖をつけて笑いものにするだろうから、花が一番あたりさわりないのだとか。

「ハビがいてくれて助かったよ」

「ご主人様は誤解されることが多いと申しますか、強く鋭い感情を向けられる立場におありの方ですので、こういった面倒事には慣れております。私はご主人様が男爵様のような穏やかなご気性の方を選ばれて、とても嬉しく思っております」

差し出がましい口を利いてしまったと謝罪するハビへ、こちらこそフレドリク様に妻になってもらえて嬉しいと伝えた。

その後、身なりを整えたジョナスが騎士団から昨日もらった花の礼状を書き、その末尾にサインをした。

礼状を出すより先に、急ぎの印がついた騎士団からの封書が、昼食のテーブルに届けられた。封を開けた彼の表情が厳しくなる。

「出兵の命令書だ。ビグランドとザジェールが和解し、連合軍を組んで国境に南下して来た。現在、北部騎士団が向かっている。俺たち中央騎士団が王都を発つのは明日だ。本部で準備をしてくる。忙しければ今夜は戻らず、その足で出発するかもしれない」

硬い表情で立ち上がる。制服を着たら、すぐに馬で騎士団本部へ向かうらしい。

「ビグランドってことは、北部の国境が戦場になるって意味だよね？　オルソー領からすぐだ。僕、戻る準備をしなきゃ」

屋敷をハビに任せ、帰郷の準備に取りかかる。馬車で急げば一日で着くが、荷馬車なら二日の距離だ。

「オルソー領には、ビグランドから逃げてきた人がすでにたくさんいるんだろう？　また増えるかもしれないぞ。次こそ断れよ」

自室で着替える彼を、僕は扉にもたれかかって眺める。帰郷にあたってやることは山ほどあるが、ジョナスから次にいつ会えるかわからないと言われたら、離れがたい気持ちが勝った。

「それはそうだけど、工夫すれば少しなら大丈夫だよ」

「本当に人がいいな。せいぜい、俺が褒章で稼いだ金で賄える程度にしろよ」

彼は慣れた手つきで、騎士服に勲章をつけていく。二十五歳の若さで、騎士団中隊長になるのは珍しい。著しい功績が認められ、陛下から賜った勲章は一つでは収まらない。

「ジョナスからもらった樽いっぱいの金貨、さっそく使わせてもらうけどいい？」

「とっくに承知しているさ。何年のつき合いだと思ってるんだ。これも足しにしろ」

懐の財布を、そのまま僕の手へ乗せる。

「いいの？」

「銀貨数枚と銅貨しか入ってないが、きっと一袋でも多く小麦を買って帰りたいと思っているんだろう？　戦いが起こるたびに、小麦の値段が上がると零していたからな」

断らない僕もどうかと思うが、以前から僕が困っていれば、ジョナスは財布ごとお金を渡してくれていた。なんて幼馴染み思いなのだろうと以前は思っていたが、今回は恋心を利用した詐欺と同じではないかと、罪悪感が込み上がる。しかし、これを突き返してしまうのも、違う気がした。

「さすが、お見通しだね。……こうして財布を預けてくれるのは、幼馴染みだからじゃなくて、僕を好きだからなんだよね？　ごめん、何言ってるんだろ」

狼狽《うろた》えていると、額に軽くキスされた。

「あたりまえだ。恋愛結婚をする気はないっていうお前へ、この神雷の騎士が、貴族になれなきゃ出世できないなんて泣き落としまで使ったんだ。銅貨一枚だろうと全部貢ぐのも、レイ、お前が好きだからだ」

ぶれないジョナスの言葉が、ずんと胸に響く。幼馴染みが人気者なのは知っていたけれど、こんなに男前だったろうか。

「ジョナスって、ほんとにかっこいいんだね」

耳がじわりと熱を持つ。人気者の幼馴染みはいまごろわかったかと笑う。大きな手で頭をくしゃくしゃにされた。照れているのだとわかり、恥ずかしさにお互い顔を直視できない。

「ありがと。ジョナスも怪我しないでね。ううん、怪我してもいいから、絶対帰ってきて」

「たった一晩の新婚生活で死ねるか。お前の元に帰るためならなんでもする」

どんなことをしてでも自分と夫婦でいたいと言ってくれる必死さが愛《いと》しくて、胸の奥が苦しい。

「結婚したせいかな。いつもより不安なんだ」

ん、と短い声を出し、ジョナスが尖らせた唇を差し出す。

「俺の可愛い夫は、戦場に出る妻にキスしてくれるんだろう?」

昨日だったらすぐに断っただろう。昨夜の術にかかった僕を救ってくれたのは、妻たちだ。

みっともない姿を見せてしまったのも、解術のために身体を繋げたのも、僕らが夫婦だと思えば、恥を受け入れられる。

彼を喜ばせたい。湧き上がる温かい情は幼馴染みへ持つにしては甘すぎる。見つめ合い、噛み傷が残る下唇へ指先をそっと添えた。

逡巡《しゅんじゅん》ののち、いつもより早口で答える。

「僕が噛んだ傷が痛むといけないから、やめておくよ」

不満げな顔をしたジョナスを見て、ひと言つけ加えることにする。

「治ったらいいよ。続きは帰ってきてからね」

「先延ばしにすると利子がつくぞ」

ぷっと噴き出し、互いに破顔する。わかったよと答えた声は、彼のまなざしと同じくらい、甘いものだった。


明日領地へ戻る主人のため、オルソー家の屋敷では、使用人たちが遅くまで荷造りに追われていた。

日中、屋敷の使用人たちの手を借り、あちこち巡って目先で必要な資金分を決済したり、納品の差配をして回ったりしたせいで、彼らが屋敷ですべき仕事が後回しになってしまった。

僕もまた、トランクに自分の衣服を詰めていく。長らくメイドのいない生活を送っていたので、荷造りも慣れたものだ。

明日は数台の荷馬車を引き連れ、領内へ帰る予定だ。頭の中で物資のリストを確認していく。

今回の戦場はオルソー男爵領から近い。国庫で備蓄している食糧だけでなく、軍から近隣領に対し供出が依頼されるだろう。

砂糖は日持ちもするし、使い道も多い。また、領内は山が多いため、小麦の生産量が限られている。ビグランドの人々のパンを賄うには、小麦を買い足す必要があった。

できれば今後の情勢についてフレドリク様の予想を聞きたかったが、しばらく戻らないそうだから難しいだろう。商人たちも騎士団の動きは察知していたが、戦いが長期になるか短期で終わるかで割れていた。

残した仕事は戦況に応じ、王都に残るハビに任せる段取りをした。

寝台にもぐる時間になっても、フレドリク様はもちろん、ジョナスも帰ってこない。この時間ならもう泊まり込みだろう。

眠れず、窓越しに星を眺めていたらちかちかと星が落ちていくのが見えた。三つ四つと見えたところで、流星群だと気づく。

厚手のショールを羽織り、バルコニーに出た。

「二人もこの流星群を見ているかな」

一人夜空を見上げる。

「レイ!」

聞き覚えのある声がして、振り向く。室内からバルコニーへ繋がる扉に、息を弾ませたジョナスが立っていた。抱き締められ、後頭部に回った手が僕の頬を胸へ押しつける。情熱的な抱擁に苦笑してしまった。

「ジョナス、こんなに夜遅いのに戻ってきたの？」

「……お前に会いたかった」

彼は僕を夜空から隠すように、羽織っていたマントですっぽり包んでしまう。

「明日は早いんだろう？　すぐ横にならないと、眠る時間がなくなるよ」

「休むつもりで戻ってきたんじゃない。ここは寒い。部屋の中に入ろう」

半ば抱え上げられ、寝室に戻った。なぜかジョナスは室内のランプをすべて消してしまう。

昨日の今日でまさかと、僕は身体を強張らせる。押し倒したくて暗くしたのかとは聞けず、しばし黙り込む。彼もまた黙り込んでしまい、幼馴染みの僕たちには珍しく、沈黙が漂った。

耐え切れず、寝台に並んで座る彼の肩に、ぽんと自分の肩をぶつける。

「ジョナス、唇は痛くない？　噛んでごめんね」

何か会話をせねばと焦りつつ、口を開く。

「もう平気だ。次は上唇にしてくれてもいいんだぞ。夫にマーキングされるのは嫌いじゃない。……いや、やっぱり平気じゃない。いまここでキスしてもらわなきゃ、治らない気がする」

「治らないまま行ってもいいんだよ？　そして、僕のつけた傷を持ったまま戻ってきて」

眉をひょいと上げ、冗談めかす。しかし、彼は思い詰めたような顔で僕へ懇願した。

「レイ……頼む」

渋々顔を傾げ、思い切って唇を合わせた。触れ合った途端、苦しいほど抱き締められる。

ジョナスの胸に手をついて離れようとしたが、騎士の腕力からは逃げられない。片腕で抵抗を易々《やすやす》と封じられ、後頭部をがっしりと押さえられてしまう。

「ふッ、ンンッ！」

舌が入り、歯列をこじ開ける。驚きで縮こまった舌をきつく吸われた。横暴なキスは下手で、痛い。

腹が立ってこぶしで胸を叩いたら、後頭部を摑んでいた手が震えているのに気づいた。

──もしかして行きたくない、の？

ジョナスは二つ名を持つほど、勇名を馳《は》せる騎士だ。騎士団の命令は絶対で、脱退しない限り、背くことは許されない。

「すまない、痛かったか？」

僕が力を抜くと、やっと唇が離れた。

「痛かったよ。……もしかしてジョナスも、ここ、痛い？」

とん、と心臓の位置に指先を置く。彼の腕から力が抜けた。

「……あぁ、痛い」

短い金の髪を撫で、男らしいもみあげをなぞり、ぽつんと一本突き出た剃《そ》り残しの髭《ひげ》を指先で辿《たど》る。神雷の騎士でも幼馴染みでもなく、ジョナスという一人の男がそこにいる。戦場に行きたくない、このままここにいたい。そんな彼の言葉にできない願いを感じ、鼻がツンとして瞳が潤んだ。

「ジョナスが帰ってくるの、待ってるね」

暗い寝室内では、どんな表情をしているのかわからない。ランプを点《つ》けていいかと聞いたら、だめだと却下されてしまった。

「流星群に宿っている精霊は、気に入った人間の中に種を植え、孕《はら》ませるって言い伝えがあるだろう？　お前が見初められたら大変だ」

本気で心配する彼の声に思わず苦笑した。

「言い伝えっていうよりおとぎ話でしょ？　精霊を信仰している人は風習で流星群を見ないだけで、言い伝えを本気にしている人はいないよ。大げさだな」

「ときたま魔力を生み出せる精霊の子が生まれているのは事実だ」

妙に頑なな彼に、僕は首を傾げる。

「魔力で術を組める人がたまに生まれるのと同じでしょ？　滅多にいないのは、生まれる確率がものすごく低いだけ。ジョナスだってわかってるくせに」

「流星群はただの伝説だとしても……精霊の子と呼ばれる存在が定期的に生まれることに

は違いない」

淡々とした彼の声音に不安がよぎる。

「ジョナス、どうしたの？」

「……今日の戦略会議で聞いた」

何をと聞こうとして、血の気が引いた。

「もしかして——」

「連合軍側に、精霊の子がいる」

精霊の子は戦局をひっくりかえすほどの兵器になる。味方ならば頼もしいが、敵なら——。

「ジョナスは精霊の子と戦うの？　そんなの絶対無理だよ！」

目の前の大きな身体へ抱きついた。抱き返してくれるはずの彼の腕は、今回ばかりは動かない。

「行かなきゃ、俺より弱い別の誰かが行くだけだ」

「帰ってくるよね？　朝、約束したばかりじゃないか！」

「相手はいくらでも魔力を生み出せる化けものだ。だが騎兵の数も質もバングヴァールが格段に上なのは変わらない。総力を挙げて当たれば、相打ちに持ち込めるさ。国境は決して越えさせない」

「やだ、ジョナス！」

無理やり寝具の中に押し込まれ、かけ布越しに押さえ込まれる。頭の先まですっぽりと覆われ、叫んでもくぐもった声にしかならない。

「レイ、九つのころからお前が好きだった。十歳のときに俺が騎士団長になれたら結婚してくれって言ったの覚えてないだろ？　まだ小さくて理解できてなかったもんな。俺も幼くて、平民じゃ団長になれないって知らなかったんだ。貴族になりたかったのは、騎士団長になってお前に求婚したかったからだよ。順序が逆になってしまったけどな」

「なんでこんなときに昔話なんかするの？　まるで――」

これが最後みたいじゃないか。言いかけた言葉を呑み込む。仮定だろうと口にしたくない。

「万が一のことがあれば、騎士団から弔慰金が家族に支払われる。お人好しはほどほどにして大事に使えよ」

伸しかかっていた重みが消える。トントンと二度、頭の辺りをなだめるように軽く叩かれた。

行くな。騎士なんかやめて、僕とオルソー領に帰ろう。

そう叫びたいのを必死で堪えた。ジョナスが前を向いて戦うためだと、手のひらを口に当て、声を殺す。涙も鼻水もシーツに押しつけ、じっとしていると、足音が遠ざかり、ゆっくりと扉が閉まる音がした。


オルソー男爵領は、王国北部の山間地にある。鄙《ひな》びているが静かな土地だ。

領地に戻った僕は、精力的に過ごしている。

流入するビグランド民の身の振り方を考えたり、面倒を見たりしているうちに、一日の大半が終わってしまう。

国境では睨み合いが続いているそうだ。

小さな男爵領でできる対策など知れているが、少しでも万が一に備えるに越したことはない。

領主館の広いテーブルを囲み、三つ年下の妹であるサラが、領内地図を広げて旧鉱を指さす。癖のない金髪は父譲りで、気丈な性格は母に似ている。

「攻め込まれた場合に備えて、廃坑に逃げ込める準備をしているわ。坑道内は迷路同然だし、奥には泉もある。食料さえ持てば長期間持ちこたえられるもの」

坑道は現在リンゴ酒の発酵蔵として使用され、すでに使いやすいよう整えられている。長期戦で立てこもるにはいい場所だ。

サラは張り出た腹を締めつけない、ゆったりしたドレスを纏っている。その隣では妹の夫となったステファンが、ビグランド人から聞いたレシピだと言って、お茶と一緒にナッツ入りのビスケットを配っていた。

「騎士団から、火がなくとも食べられる保存食をと、二千食の供出依頼が来ています。レナルト義兄《にい》さんが買いつけてくださった砂糖のおかげで、おいしいものができました。昨日からサンテさんの奥さんを中心に、ビグランドから来たご婦人方で、製造を始めています」

ステファンはてきぱきと生産概数を述べる。低位貴族の三男育ちだけあって、自力で身を立てられるよう、家事も算術も完璧に身に着けている。

「ありがとうステファン。厚みがあって食べごたえがあるね。サラは僕のいない間、領地をよく治めてくれて助かるよ。だが、腹の子のためにも無理はするな」

「レナルト兄様、つわりも治まったし、出産はまだ先よ。それよりうちはお金がないんだから、動ける人間は働かないともったいないわ。睡眠はしっかり取らせてもらうけど。それと一応、父様もいるしね」

一応、のところで彼女は肩をすくめる。ステファンと三人で苦笑を浮かべた。

「病弱だった父様が引退した途端元気になるとはね」

「寝込むほど社交が嫌いっていう病気なのよ。いまだってリンゴ酒の醸造所を手伝ってるけど、そばに母様の姿がなきゃ外に出ないし、人と話もしないもの。相変わらず深窓の令嬢みたい。母様が楽しそうだからいいけど」

ビグランドからの民が流入し始めた十年前から、オルソー領では旧鉱山の土地も利用して、リンゴ栽培を始めている。

冷涼で山の多いオルソー領は向いているらしい。元々リンゴが特産の一つだったビグランドの流入民を中心に栽培を行い、いまはリンゴ酒の醸造も行っている。

流入民が増えるに従い、畑も拡大し、彼らの収入にも繋がっている。収穫祭ではオルソー家の持ち出しで、領民へ無料で振る舞われるため、元々の住民たちにも好評だ。

そこへたすきがけにした作業着姿の両親が入ってくる。手を洗ったばかりらしく、濡れた手を手巾で拭いつつ、テーブルへついた。母は座る前にテーブルに置かれたビスケットを素早く摘まむ。

「バングヴァールは負けを知らない国よ。今回は五つあるうちの三つの騎士団が迎撃するっていうのに、避難場所の心配なんて、大げさじゃない？　あら、これおいしいわね」

まっすぐな赤毛を結い上げ、小麦色の肌にそばかすを浮かべた母が相好を崩す。サラも立ったまま手を伸ばし、丸ごと口に放り込んだ。

貴婦人にあるまじき振る舞いだが、正式な場でなければ、母も妹もスピードと効率を優先している。理由は、休んでいる時間が惜しいからだ。

貧乏暇なしの手本だと言って笑っているが、優雅にお茶を飲むより、働くのが好きな性分なのだ。それを家族も領民も、好ましく感じている。

「ステファンが作ってくれた、騎士団へ供出する保存食だよ。火を起こさずに食べられるものをと依頼があったんだ」

説明すると、母よりひと回り小柄な父が顔を上げた。顔を半分隠すほど前髪を伸ばし、放っておくとサラサラ直毛になってしまう金髪は、もっさりとした大ぶりの帽子に詰め込まれている。

「火がなくとも食べられるもの……戦闘中用の軽食かな。今回の戦いは三つも騎士団を投入した割に、睨み合いばかりでずいぶん慎重だと思ったが、やっと戦況が変わるかもしれないぞ」

呟かれた指摘に、相槌《あいづち》を打つ。僕も決戦は近いと感じた。

「念のため、最悪の場合も決めておこう。坑道での立てこもりが限界に達した場合は、僕が交渉する。みんなはそれぞれ農民として逃げること。土地を耕す民がいなければ富も生まれない。農民を殺してしまうような真似はさすがの敵もしないと思う」

母は渋い顔で首を振る。

「民に優しい国なら、こうもビグランドの人たちがうちの領内に逃げてこないわよ。彼らは内乱で、いま国を牛耳っている王政反対派に敵対していた人たちよ。戻っても裏切り者としてまた虐げられるくらいなら、一緒に最後まで戦うと言っているわ」

「一度敵対した人間は徹底的に迫害する。ザジェール人のやり方だな。寛容こそビグランド人の愛すべき国民性だったというのに」

父がザジェールの傀儡《かいらい》となったビグランドを嘆き、母も頷く。

「まずは前線で戦ってくれる騎士と兵士たちを、しっかり支援しましょう。それはそうと、あなたのお嫁さんに早く会いたいわ。私たちに手紙で報告するだけで勝手に結婚を決めてしまうなんて、よほどお熱いのね」

待ち切れないわと、母は身体を左右に揺らして踊ってみせる。ロマンティックな何かを期待しているらしい母へ、僕は頭を振った。

「すでに説明した通り、貴族的結婚ですよ。ジョナスからの樽いっぱいの金貨は、半分以上は借金返済に、残りは今回の調達で使い切って――」

「ジョナス様が兄様に惚《ほ》れているのはいまさらなのよ。十年以上前からの恋を受け入れる気になったのねってわかるもの。それより、紫銀の貴公子様が私のお義兄様になるなんて卒倒するかと思ったわ」

「俺は本当に卒倒しました。オルソー家が大貴族のトラブルに巻き込まれたって意味ですから」

サラの隣でステファンが気弱な笑みを浮かべる。

シェセール公爵家の兄弟仲の悪さは、地方領でも有名だ。さっそく巻き込まれて一晩淫乱になりましたとは言えず、ジョナスの話に変えて場を濁す。

「彼の実家のフォルク家とは、落ち着いたら食事会を開こうと思ってるよ。無事に戻ってきてくれたら――」

「何言ってるのよ、神雷の騎士なんだから帰ってくるに決まってるじゃないの！」

母がからからと笑う。精霊の子の話はまだ公にされていない以上、僕の口からは言えない。

「いままでとは違うから……」

ため息をつくと、父が珍しくみんなに聞こえる声で切り出した。

「レナルト、結婚したのだし、その耳のカフはそろそろ外したらどうだ？　困っているお前を助けてくださった方からもらったものだというが、そのお方とは結局それきり会えていないじゃないか。フレドリク様だって、恩人からもらったお守りだと言われたら、アクセサリーを贈りづらいだろう」

カフをくれた年上の少年は、もう顔もよく思い出せない。ただ、思い出すたびに初恋に似た胸の疼きに襲われる。

――やっぱりこれは恋だったんだろうな。

十年前に一度会ったきりの、顔も憶えていない相手への想いを引きずるなんて、妻たちに失礼だ。忘れるべきだと自分でもわかる。

「僕、これをつけてから目立たない見た目になったから、外すのが少し不安なんだ。でも、そろそろ外さなきゃね」

彼のためだと考えれば、淡い初恋など些細《ささい》なことだ。彼には誠実でありたい。次にジョナスに会ったら外そうと、僕は心に決めた。

ステファンが差配して用意した保存食は分納することにし、今回は一千食を納品する。行くのは僕だ。サラをはじめとした家族が協力してくれたおかげで時間があったのと、情報収集もしたかった。

晴天の日の朝、馬車二台にそれぞれビスケットを積んで出発した。

醸造所の責任者をしてくれているサンテさんが、用心棒と御者を兼ねて同行者に名乗り出てくれた。国を出るときに受けた傷跡が腕や足に残っているが、逞しい身体つきの男性だ。

サンテさんの奥さんはビスケット製造を仕切ってくれている。増え続けるビグランド人たちの取りまとめ役でもある、働き者のご夫婦だ。

芽吹いた草花の香りを乗せた風を浴びながら、樹々の間で踏み固められた道を進む。

山間部を抜けて街道へ出ると、行き交う人がぐっと増えた。街道を北上する荷車が多く、どれも荷が積み上がっている。時折、引っ越しをするような大荷物の家族とすれ違った。彼らの表情は暗い。

「バングヴァールは安心して暮らせる国だと思っていましたが、あの方々は夜逃げでもするみたいな顔ですね」

サンテさんは縮れた黒髪の頭を傾げる。僕よりましだが、彼もなかなかに癖のある髪質だ。

「よっぽど前線に近い村でもない限り、人足として稼ぎに行きはしても、逃げ出す人は少ないのが普通だったのに」

もしや精霊の子の噂が広まっているのだろうか。

休憩のついでに、サンテさんが道端で馬に水を飲ませていた家族連れに話を聞いてくれた。

「彼らは兵站《へいたん》部の本部が置かれている町から逃げてきたそうです。連合軍側から潜り込んだ密偵が、こっそりビラを撒いたらしくて。書かれていたのは、ザジェールは精霊の子を保有している、豊富な魔力を元にバングヴァールを征服するという内容でした」

僕へ報告する彼の表情は暗い。ビグランドから逃げてきた彼らが故国に捕らえられたら、命さえ危ういのだから当然だ。

「逃げ出すのも無理ないね。精霊の子一人の力で戦況が変わった戦いも実際にあったらしいから」

昔すぎて、伝説かおとぎ話のように感じていたが、確かに存在したものとして聞かされている。

「前線で戦う騎士様方の武運を祈るしかありません」

ため息をつくサンテさんの肩が下がる。

不安ならオルソー領を出て、もっと南へ行ってはどうかと話を向けたが、これ以上ビグランドから離れるつもりはないと、首を振られた。

避難場所に決めた廃坑が頭をよぎった。実際に使用する日が来なければいいのだが。

「納品したら、少し情報を集めよう。戦況が変われば、追加になる可能性もあるからね」

ここからもう少し先に行った、国境に近い宿場町に兵站部の本部が置かれている。後日、残りの一千食を納品しにまた来なければならない。

昼をすっかり過ぎた午後、無事に納品を終えられた。兵站部の建物を出ると、仕事を終えた安堵に二人で胸を撫で下ろす。

「レナルト様ありがとうございます。話をつけてくださったおかげで、次回からはビグランド人の私でも納品できることになりました」

戦場に近い場所へ行くのは、不安なはずだ。僕は自分が通うつもりでいたが、万一があってはならないからと、サンテさんが今後の納品を申し出てくれた。

「あんなにあっさり応じてくれるとは、僕も思わなかったよ。毒の有無はチェックしてるからって言ってたけど、それって魔術師がやってるって意味かな？」

「防具代わりの魔法具も作るでしょうから、魔力の籠もった核をこっちでも消費するなんて贅沢《ぜいたく》ですよね」

兵站部の裏側には、仮設の倉庫がずらりと並んでいた。運び込まれた物資を二人で見上げる。

「僕には高価すぎてわからないけど、核ってそんなに消費されるものなんですか？」

「魔法具は高価ですが、何度も使用に耐えられるわけじゃないですから。ビグランドにいるときに、ちょっと関わったことがあるんです。おかげで国を逃げ出すはめになってしまいましたが」

町の中心の大通りへ出る。道の脇で足を止め、サンテさんは故国がある方向の空を眺めた。その目は悲しげだ。

「いま国境に陣を張っているのは、ザジェール王国とビグランド共和国との連合軍だそうですね」

僕が話を向けると、サンテさんは頭を軽く振って息を吐く。

「私の知っているビグランドはもうザジェールの色に染められています。本国を潤わすための植民地ですよ。王弟様が王位簒奪《さんだつ》を狙った時点で、すでにザジェールのスパイにそそのかされていたとか。ビグランドはもうめちゃくちゃだ」

馬の足音と車輪が地面を転がる音に振り返る。大きな隊列が、北へ続く街道から町へ入るのが見えた。邪魔にならないよう端へどこうとして、よく知った顔があるのを見つけた。

「ジョナス！」

「レイ？」

ぽかんと驚いた表情のジョナスに、思わず笑ってしまった。

会ったら、イヤーカフを外そうと決めていたのを思い出し、ジョナスの前で外した。まだ隊列の中で立ち尽くしている彼へ向けて手をかざし、ブンブンと振っていたら、勢いがつきすぎて飛んでしまった。

あっ、とジョナスと声が揃った。銀のカフが道の中央へ転がっていく。

ちょうど荷車が通りかかる。ゴッッと鈍い音がした。過ぎ去ると、カフは不運にも車輪に轢《ひ》かれ、二つに割れている。

「あれ？　これ、中に何か入ってる」

破片を手にすると、銀の板を貼り合わせた間に、白っぽい糸らしきものが挟まれている。はみ出た端を引っ張るとつるりと抜けた。視界の端で、ジョナスが隊列を離れてこちらへ

駆けてくる。

「何これ？」

丸められたそれは糸くずにも見えるが、糸にしては滑らかな感触だ。手のひらに乗せると、銀色の毛髪だとわかった。さらに目を凝らすと、銀髪はうっすらと紫がかっている。偶然だろうか。これとそっくりの髪色をした人物を僕はよく知っている。

「レイ、これは――」

僕の手元を覗き込んだ彼の影にはっとして、手のひらに握り込んだ。

「いや、その」

「なぜ隠した？」

「これは、えっと。そうだ！　オルソー領で供出したビスケットがあるんだ。割れちゃったやつだけど、よかったら食べて！」

どこかのポケットに入れたはずのビスケットを慌てて探す。見かねてサンテさんが差し出してくれたビスケットの袋を、彼の手に押し込んだ。

誰が見ても、後ろめたい何かがあるとしか思えない行動だ。どう言い訳をしようかと、頭を巡らせたが、何も思いつかない。

目の前に、紋章のない黒塗りの馬車が停《と》まり、窓が開く。

「ジョナス・フォルク・オルソー、急に私の警護を外れたいとは何事かと思ったが、お前か。遠目でもわかったぞ。便利な髪だな」

太い声の主を見れば、そこにはバングヴァール王がいた。

「へっ、へ――」

「その呼び名を口にするな。いまは戦略部の大将として隠密行動中だ」

「近衛《このえ》騎士様は――」

「近衛をつけていたら、私が誰か丸わかりじゃないか。それより、国で一、二を争う人気者二人を同時に娶った話題の男爵に会えるとはな。しかも妻の一人と揉めているとは。民は君たちに高い関心を持っているぞ」

にやりと笑みと浮かべた陛下はジョナスへ視線を送る。その表情に嘲りの色はなく、むしろジョナスを気に入っているらしい。

見回せば、周囲の人々は足を止め、好奇に満ちた目を僕たちへ向けている。

「揉めてなんかない、つもりです……」

「注目を集めているのは同じだろう。私の可愛い甥の夫でもあるのだから、私にとっても他人事ではない。これから本陣へ向かうところだ。同乗して、説明しろ」

えぇっと驚く声が思わず裏返る。滅相もございませんと首を振ったが、陛下は許してくれない。

「お前も別の意味で目立っているが、ジョナスはどこでも衆目を集めるからな。すっかり注目の的だぞ。ここで皆の見世物になるより、私だけの見世物になった方がお前たちのためだ」

「……仰せのままに」

目を白黒させているサンテさんに先に帰るよう頼み、ジョナスとともに馬車へ乗り込む。

陛下の向かいへ並んで腰を下ろした。馬車はゆっくりと走り出す。

大変なことになったとうなだれていると、隣に座ったジョナスの手のひらが背中にそっと当てられた。陛下の前で猫背になっていたのに気づき、すぐにしゃきんと姿勢を正す。

目顔で教えてくれた感謝を伝えると、まあなとばかりにひょいと眉が上がった。

言葉なしに会話する僕たちに、陛下が生ぬるい視線を送ってくる。幼馴染みとしても夫婦としてもおかしな振る舞いではなかったはずだと内心焦っていると、陛下から手の中のものを見せるよう命じられた。

「魔法具だな。この毛が核になっている」

砕けた残骸をひと目見て、陛下は言い当てる。ジョナスは怪訝《けげん》そうに眉根を寄せた。

「これは魔法具だったのか？　レイ、知ったうえでそれを身につけていたのか？」

ぶんぶんと首を振って否定すると、「ではなぜ俺から隠した？」と迫られる。これ以上は陛下の許可がなければ話せない。

おずおずと向かいに座る人物を見れば、察してくれる。

「わかりにくいがその毛の色が原因だろう」

薄暗い馬車の中では、微妙な色味はわからない。ジョナスが首を傾げる。

「百年前にいらっしゃった精霊の子は黒髪ではありませんでしたか？　これは晩年の白髪でしょうか？　百年経っても毛一本にすら魔力が残っているとは驚きました」

「毛のごときわずかな容積では、魔力は百年も残らない」

「それでは、魔力が枯渇した魔法具がただのアクセサリーとして売られ、巡り巡って彼の手に辿り着いたのでしょうか？」

陛下は何も言わず、僕らの心を探るようにじっと見つめる。仕方なく僕が答えた。

「ジョナス、これはそんなに古いものじゃないよ。だって僕は、これを作った本人からもらったんだ。陽に当ててよく見て。これは銀髪だ。それもとても珍しい色味の」

言われるがまま髪の毛を摘まみ、彼は窓に指を寄せる。はっと目を見開いた。そこへ静かだが凛《りん》とした声が発せられた。

「両者、この件は第三者に口外してはならぬ。王命である」

陛下がわざわざ僕らを馬車に乗せた理由はこれだったのだと気づき、僕たちは揃って頭を下げた。

「……承知しました」

これ以上考えてはならないのだ。しかし、一度知ってしまったからには、思考は止められない。

「オルソー男爵、君を見張るつもりはないが、しばらく私のそばにいるように」

「はい。かしこまりました」

俯き、座席の隅で小さくなっていると、ジョナスが陛下へ夫に話しかけてよいかと許可を求める。

「夫婦の会話を禁じたつもりはない」

ありがとうございますと一礼してから、ジョナスは陛下にも聞こえる声で話す。

「フレドリク様は一度も戦場に出た経験がないと聞いていたが、俺は先日、前線でよく似た方をお見かけした。名は違うが、魔法具を使って我らを支えてくれる、魔術師隊にいらっしゃる方だ」

「戦場にいらっしゃるの？」

「貴族ならば初陣だろうと階級がつくはずのバッジもなければ、髪色も目の色まで違う。一介の兵と同様、泥にまみれていらっしゃった。よく似た人違いだとすっかり忘れていたが……」

片頰を歪めた陛下が感心した様子で呟く。

「神雷の騎士はずいぶん親切なのだな」

「俺が彼の妻であるのと同様、フレドリク様もレイの妻ですから」

騎士とはいえ、平民である彼がまっすぐ目を見返したのを、陛下は咎《とが》めなかった。何も言わず、そのまま沈黙する。

車輪の音が響く馬車の中で、僕はイヤーカフをもらった日の出来事を思い出していた。

あれは十年前だ。

貴族学校の合唱発表会の日だった。

周辺の同世代の合唱隊も集められ、歌を競い合う催しがあった。王族が観覧にいらっしゃるから正装するよう言われ、顔を隠していた長い髪も結ぶよう言われたのだ。

僕は十三歳で、癖のないストロベリーブロンドと、長すぎるまつげや、ちょうどよいらしい目鼻の大きさや位置のせいで目立っていた。

父に言われて前髪を伸ばし、なんとか誤魔化していたが、教師からきっちり髪を結ばれ、ピンで額まで露《あら》わにされてはどうしようもない。

案の定、あれは誰だと目を引いてしまった。発表を終えて帰ろうとしたところで、上級生の一人から呼び出され、茂みに押し倒されてしまった。

嫌がってもやめてくれず、驚きと恐怖で大きな声が出せずにいると、通りかかった年長の少年が気づき、追い払ってくれた。

この顔が悪いのだと、お礼もそこそこに結んでいた髪をほどき、顔を隠す。堪えようとしてもしゃくり上げてしまう僕へ、彼がイヤーカフをくれたのだ。

「いたずらに使おうと思って作ったけど、君にやった方が役立ちそうだ。やるよ」

両親からプレゼントを押しつけられても受け取るなと教えられていた僕は、頑なに断った。

「君、目立ちたくないんだろ？　ならばなおさら、これをお守り代わりに持っているべきだね。絶対役立つよ」

自信たっぷりに断言する姿は小気味いい。僕の素顔を見ても動揺しない点といい、好感の持てる少年だった。

少年の勢いに押され、思わず受け取ると、彼は名乗らずにそのまま立ち去ってしまった。代償を求める気はないとわかり、お守りならと身につけたのだ。

それから少しずつ生きやすくなった。

長く伸ばしていた髪が徐々にうねり、縮んで切れやすくなった。長くなる前に切れてしまうので、まとめるのも難しい。

櫛を通しても鳥の巣状態で、顔が隠れやすくて非常に便利だ。目鼻の位置や大きさがたまたまちょうどいいことに惑わされていた周囲は、うねり捩《よじ》れた奇妙な髪質の方に意識が逸れ、いつの間にか目立たない生徒の一人になれていた。

手中のカフの破片をしみじみ見つめる。魔法具の効果は、この強烈なくせ毛だったのだと腑《ふ》に落ちた。

――見も知らない僕に親切にしてくださった、年上の少年は……。

年を追うごとに憶えていたはずの記憶は薄れ、瞳の色も覚えていないが、合唱の発表会に来た王族とは、公爵家に降嫁した陛下の妹君ではなかったろうか。ならばフレドリク様の母上だ。あの少年は母君についてきたフレドリク様だったに違いない。

――自分で『作った』とおっしゃっていた。フレドリク様は魔法具を作れるんだ。あの方の魔法具が僕を守ってくれていた。


「……僕、フレドリク様に会っていたんだ」

考えに集中していた僕は、意識せずに呟いていた。

「レイ、これを君にくださったのは――」

ジョナスはそこまで言ってやめてしまった。二人で先ほど下された王命を思い出し、口を閉じる。

そんな僕たちを、陛下は興味深そうに眺めていた。

「ジョナス・フォルク・オルソー、前線に戻れ」

馬車が停まると、ジョナスは陛下から護衛の任を解かれた。身分を偽るため、近衛騎士をつけられない代わりに呼ばれていたらしい。

別れる直前、僕の手を取ったジョナスにあれこれ約束させられた。元から僕に対して心配性な幼馴染みだったが、妻になってからさらに加速したようだ。

「戦場なんて過酷な場所に長居しちゃいけない。できるだけすぐ帰るんだぞ。味方だろうと、油断するな。気の荒い連中ばかりで、レイのいる場所じゃないんだ」

「騎士団の人でも？」

「騎士だって、気性が荒いのは同じだ。物騒なんだから早く戻れ。顔はもちろん、その細い指も隠すんだ。それと……レイ、愛している」

戸惑いより嬉しさが勝った。頰を緩めると、彼も嬉しげに微笑み返してくれる。

「これが終わったら、ジョナスの瞳と同じ緑色の耳飾りを贈ってくれる？　僕、毎日それを身につけるから」

二度も陛下に咳払いされ、互いに渋々離れる。心配そうにこちらを何度も振り返りながら、本来の配置へ去っていく彼をくすぐったい気持ちで見送った。

馬車を降り、陛下のあとをついて、小高い丘の上に登る。

途中には黒ずんだ天幕がいくつも張られ、夜の寝ず番役の男たちが休んでいる。草地に横になって眠る者、食事をしている者、剣の手入れをしている者などさまざまだが、一様に表情は硬い。これから人を殺すのだと、覚悟と殺気が静かに漂っているように見えた。

人馬の汗と糞尿《ふんにょう》の臭いが漂う中、男ばかりが何千人も集まって殺気立っているのは、異様な雰囲気だった。

小柄な僕は、一度兵站部の本部で軍務についただけで、戦場の空気を吸うのは初めてだ。丘から北を見下ろせば、川に面した草地には威圧するように騎士たちが整然と並んでいる。等間隔に掲げられた軍旗の色から、どこにどの騎士団が配置されているか、ひと目でわかった。

最前面にはジョナスのいる中央騎士団が、その後ろには左右に分かれて北部騎士団と西部騎士団が布陣している。

対して川を挟んだ広い平原の向こうは、ザジェールとビグランドの旗が混ざり合っていた。両陣ともに、騎馬に跨《また》がった騎士たちがずらりと並び、睨み合う。

丘の上には、真っ白な新品の大きな天幕があり、そこへ陛下に同行して入る。入口近くに控えようとする僕を陛下は呼びつけ、わざわざそばへ座らせた。

従卒がお茶の用意を始めると、陛下が不要だと下がらせてしまったので、天幕は僕と陛下の二人きりだ。

おもむろに陛下は口を開く。その声は低く、天幕の外には聞こえないだろう。

「身内びいきかもしれないが、我が妹は賢くてね。生まれて三月《みつき》で気づいたよ。ここまで隠せてきたのはそれもある。だからあの子は早くから私の庇護《ひご》下にあった。彼の兄に敵視されているのは、あの子ばかり特別扱いされているからだ。あの力のせいで、母親からも腫《は》れもののごとく扱われ、何も知らぬ兄からは疎まれるとよく嘆いている」

「やはり、あの方は特別なお力をお持ちなのですね」

「王家の宝物庫には、先代の精霊の子の力が残っているものはもうない。いま軍で使用している魔法具の核は、すべてあの子が魔力を込めたものだ。魔法具づくりはあまり上達しなかったようだがな」

イヤーカフに触れた優しい手つきを思い出す。恐ろしいほどの大きな力をお持ちだが、怖い方ではないはずだ。陛下は語り続ける。

「一時、八つ当たりのように意地の悪い魔法具を作っていたな。権力者――まぁ私だが、私が喜ばない、誰のためにもならないものだ。腹が痛くなるとか、寝小便をするとかな。さすがに酷すぎて叱ったがね。このまま反抗的に育つなら、手に負えなくなる前に処分も考えるべきかと悩んだ日もある」

処分の言葉に青ざめる。だが、大きすぎる力を所持する者が正しい心を持てないなら、統治者として無策ではいられない。その選択肢に悩む心はわかる気がした。

「だがあるとき、自分と同じぐらい不幸な奴がいたと楽しそうにしていた。いつか手籠めにされて、金持ちのおもちゃにされるに違いないと悪ぶっていたが、よくよく聞くと少しだけ助けてやったと話していた」

「もしかして……僕?」

ポケットの上から、割れたイヤーカフに手を当てる。じわりと頬が熱くなった。

「どうやっていたかは知らないが、観察と称して、ときどき君を見に行っていたようだ。とある部分の毛を頭に生やす魔法具をやったと聞いていたから、夫として紹介された君を見て、すぐにわかったよ」

「……学生時代、僕のあだ名は陰毛でした」

一瞬だけ表情を崩した陛下は咳払いし、「それは気の毒だった」と慰めてくれる。

「助かったのは事実ですから平気です」

「くだらぬ魔法具ばかり作ったせいか、魔術師としては人並み以下だがな。成長とともに魔力量が増大したのに伴って、大雑把にしか魔力を扱えなくなったのだ。王の頭髪を陰毛にしようとしたバチが当たったに違いない」

わずかに口角を上げた表情が、フレドリク様を思わせた。お二人の血の繋がりを感じて気が緩んだのか、つい笑ってしまう。

「あの、僕なんかに陛下のお時間をこんなに割いてもらってよいのでしょうか？　なさらねばならないお役目がたくさんおありなのでは？」

「役目は密かにここへ来ることだ。もう終わっている」

「終わっているとは？」

「睨み合ってばかりで半月も膠着《こうちゃく》状態だ。兵たちが苛立っている。そろそろ戦いで発散させてやらねばな。だが、我らから手を出すつもりはない。侵略者は先方なのだと明確にさせたい。だから、攻め時だと私の存在をチラつかせてやりに来たのだ」

役目が終わったと言いつつも、陛下はマントを脱がず、そのままだ。またどこかへ行かねばならないように見える。それに椅子へ腰かけているが、いまにも立ち上がりそうなほど座り方が浅い。

「内密で来たとおっしゃっていたかと思いますが」

「その体《てい》でなければ、囮《おとり》だとわかりやすすぎるだろう。もうすぐ動く。君はここにいなさい。フレッドに会えるかもしれないぞ」

陛下は甥の愛称を口にした。視線は正面の真新しいテントの布地に向けられている。

「やはり前線にいらっしゃるのですね？　フレドリク様は人々から、貴族のくせに軍務からお逃げになったり、フラフラ遊んでばかりいる臆病者だと陰口を叩かれております。参戦なさっておられるなら……」

人柄が誤解されているのが歯がゆい。

「人々が知らないのは当然だ。偽名にして変装もさせているからな。暗殺を避けるため、正体を隠す必要があった」

不意に悲鳴が聞こえた。兵たちが口々に「魔法具の槍だ」と動揺した声を上げている。

「御免！」

突然、大きな盾を手にしたいかつい男たちが幕内に入ってきた。陛下を見れば、知っていたのか平然としている。

びっくりしている僕の手首を陛下が摑み、強引に引き寄せる。男たちは陛下を中心に集まり、盾を構えた。

そこかしこで鈍い音が一斉に立つ。さっきまで座っていた場所には、物干し竿《ざお》のような大槍《おおやり》が突き刺さっていた。

ひっと声をあげ、思わず陛下にすがりついた。僕が身体を震わせると、陛下が大丈夫だと頭を撫でてくれる。その手が、前髪をかき上げたが、僕は大槍の恐怖でそれどころではない。

外で男たちの声が次々とあがる。反撃だと叫ぶ声もあった。

「始まったな」

大槍によって天幕にはいくつも穴が開いている。その穴越しに、鋭い光が瞬いたのが目に入った。

しばらく置いて、雷が落ちる音がした。驚きで身体がびくっと揺れる。今日の天気は快晴で、落雷を誘う天候ではない。

「もしやこれは魔法具の落雷ですか？　なんて迫力なんでしょう。この魔法具に組み込んだ魔術を発明した方はすごい方ですね！」

ジョナスの二つ名の元になった『神雷』を目にし、思わず興奮した。大槍の恐怖が薄らぐ。

「この大槍なら重力軽減、矢逸らしの魔法具ならランダムな突風の術がかけられているように、直接的な攻撃ができる魔法具は現時点でもない。面倒だから魔術のせいにしているだけで、あれはただの魔力の放出だ」

潜められた声で耳打ちされる。

「では、あれは……」

フレドリク様ご自身が振るう攻撃なのだと知る。

――カフをくれたフレドリク様は、魔力を生み出す精霊の子で、魔法具に魔術を組まずとも雷を落とせる方？　それと、人並み以下の魔術師でもあるんだっけ。

呆然としている僕に、陛下はご自分が纏っていたマントを巻きつける。なぜと問いたいが、フレドリク様の秘密が次々出てくるせいで、頭が追いつかない。

「敵が大槍をここまで飛ばすには、魔力を大量に生み出せる者が必要だ。相手方にも精霊の子がいるのは、嘘ではないらしい」

説明しつつも、破けた天幕の布を手頃な大きさに切り裂き、僕の頭に巻きつけて髪を隠してしまう。

「陛下、これは一体？　困ります。顔がまるきり出てしまいます」

こちらの声が届いていないのか、陛下は話を続ける。

「ザジェール軍が強かったのは、奴らも精霊の子を秘密裏に手に入れていたからだな」

言いながら、頭に巻きつけた布を後ろできゅっと結ぶ。何をしようとしているのかわからないが、逃げられないのだけは間違いない。

「一度に何人も現れるなんて、僕には信じられません」

「存在を公にできた精霊の子が百年に一度程度しか現れぬだけだ。私があの子を公にできなかったのと同様に、他にも秘せられた存在の者はいたに違いない。さて、かように詳細に説明したのだ。代金代わりに少しつき合え」

最後に眼鏡を取り上げ、僕を抱え上げるとそのまま天幕の外に出てしまう。

敵陣の方向から、黒い集団がまっすぐこちらへ飛んでくるのが見えた。

「また来たぞー！」

あがった声に、誰もが空を見上げる。

鳥の群れかと見紛《みまが》うものは近づくにつれ、整然と並んだ何十本もの大きな槍だとわかる。どんな大弓で引こうとも、この距離を飛ぶのは異様だ。魔法具が仕込まれているのは明らかだった。

新たな盾を携えた男たちが、陛下の周りに集まった。全員が緊張に身を硬くする。

陛下が大きく息を吸い、びりびりするほどの声を張り上げる。一帯の兵たちがこちらを振り返り、目を瞠る。

「盾は不要だ！　ここにはバングヴァールの精霊の子がいる！　精霊の子よ、あの矢を打ち落とせ！」

「え？　僕？」

陛下に腕を摑まれ、意味なく手を上げさせられる。これではまるで僕が精霊の子みたいだ。狼狽える僕へ、陛下が低い声で「黙っていろ」と囁く。

あれこれ説明してくれたのは、もしや冥土の土産《みやげ》というやつだろうか。まっすぐこちらへ襲いかかってくる大槍に何もできないでいると、突然雷がいくつも走り、ほぼ同時に大槍が撃ち落とされていく。

次々と大槍が落下し、槍の数だけ雷が響いたあとは、空には何もなくなっていた。

離れてこちらを見ていた兵の多くが呆気《あっけ》に取られている。

「皆よ、見たか！　我が軍の精霊の子が攻撃を防いだ！　この戦い、我が軍が勝つぞ！」

再び陛下が声をあげる。それに従う雄叫びが一斉にあがった。恐怖で強張っていた彼らの顔に生気が戻る。

「陛下が抱える、あの美女が我らの精霊の子だ！」

「なんと神々しい。勝利の女神は我らについたぞ」

次々あがる声に、陛下は腕を突き上げ、「進軍せよ！」と叫ぶ。

勢いのついた数千の兵たちが同じく腕を突き上げると、地響きのごとき声が轟《とどろ》く。各々《おのおの》の騎士団長が進軍を命じ、徐々に速度を上げて敵陣へ突っ込んでいく。

整然と布陣していた騎士たちは、瞬く間に半数が川を渡り、剣を交えた。


幸い、大槍での攻撃はあれきりだった。戦いは優勢だったものの敵大将の首を取るには至らず、日没とともに両軍は兵を引き、その日の戦闘を終えた。

僕はあのあと、近くにフレドリク様がいるのではと見回したが、見つけられなかった。しばらく陛下に抱えられてから天幕の中へ戻り、マントと頭の布を外す許可をもらう。髪で顔を隠し、伊達《だて》眼鏡をかけ、やっと落ち着く。

陛下は後方に下がるそうで、領地に帰るなら近衛騎士に送らせると言ってくれたが、妻を探したいからと辞退した。

ジョナスの言葉通り、僕のような人間が一人でうろついていい場所だとは思えなかったが、三つもの騎士団を投入する大きな戦いで、彼が無事に戻ってくると無条件に信じることもできなかった。

わざわざ陛下が囮になり、『精霊の子』の演出までするなんて異例だ。あれほど兵の戦意は高かったのに、勝負を決することはできなかった。明日はもっと多くの大槍が、もしくは予想もつかない魔法具が使用されるかもしれない。

会わねばならないという義務感と、ひと目だけでも姿を見たい衝動が入り混じる。戦闘とは関係のない目的で、いたずらに戦場に残るなんてジョナスは怒るだろう。

――わがままだとわかってる。でも、僕はフレドリク様に会いたい。

誰のためでもない。自分だけの身勝手な衝動に突き動かされ、戦いの昂りが残る兵たちの間を歩き回った。

魔術師隊の野営地の位置を聞き、だんだんと沈んでいく夕陽を頼りに彼を探す。

夕闇が迫り、兵たちが天幕を張り始める。優勢で終わった戦いに、己の武勇を誇り合う声が、あちこちから聞こえた。

このまま見つからなかったらと思うと心細い。せめてマントを持ってくればよかったと後悔していると、緑の髪に茶の瞳の青年と目が合った。

「なぜまだここにいる？　伯父上と一緒じゃないのか？」

ぎょっとした顔で駆け寄ってきた青年に、低い声で問い質《ただ》される。

どなたですかと口を開こうとして、探していた人物と髪も肌も目も違うが、よく似た顔立ちだと気づいた。

「あの、もしや……」

「それにこの頭はなんだ？」

いまさら僕のみっともない髪を詰っているのかと、言われたところでどうにもならないはずの頭に手をやった。

「あれ？　いつもの手触りと違う」

指通りがよく、さらさらだ。こんもりと盛り上がっているはずの頭頂部は、ぺたりと沈んでいる。

「カフを外したのか？」

険しい顔で問う青年がフレドリク様だと確信する。名前を呼ぼうとした口を素早く塞がれ、名を言うなと注意された。

「変装中で偽名中でらっしゃいましたね」

すみませんと謝りながらも、会えた嬉しさでへらりと頬が緩んだ。

紫がかった銀の髪はくすんだ緑色に、藤色の瞳は茶色に変わっている。庶民らしく陽に焼けた肌だ。汚れたローブを羽織り、さらに背を丸めると、貴族には到底見えない。

「カフを壊してしまったせいだと思います。あれはあなた様の――」

「伯父上に聞いたのか？」

「その前に中の銀髪を目にしましたから。それと、陛下は領地まで送ってくださるとおっしゃいましたが、あなた様にお会いしたくて、辞退させていただいたのです」

お会いできて嬉しいと言って微笑む。目立つから笑うなと叱られた。せっかく会えたのに、フレドリク様は僕から顔を背けてしまう。痒《かゆ》いのか、鼻先を指で掻《か》いていた。

「効果が切れたせいで、鳥の巣頭の勢いがないのか。周りが君を見るようになっている。私の天幕に来るといい。ここでの私は平の魔術師だ。一人用の小さな天幕しかないが、視線は遮ることができる」

陛下と一緒にいるところを間近で見た兵は少ないが、王様が抱き上げていた精霊の子らしき美女の噂は、広まっているらしい。

目立つと面倒だからと、野営の天幕が並ぶ中、手を引かれて移動する。薄く泥がついてかさついた手を握り返す。会えた嬉しさで、繋いだ手を見下ろしながらにやついていると、ちらりとこちらを見た彼から、前を見て歩けと子どものような注意を受けてしまった。

「僕、二度も助けていただいたのですね」

「たまたま私が通りかかるたびに、君が男に押し倒されているだけだ」

前を向くフレドリク様の表情は見えない。歩を速めて彼に追いつく。隣を見れば、むすりとした顔がある。不機嫌に見えるのに、わずかに突き出た唇が可愛いと思ってしまった。

今日の戦いで皆、気が昂っているのか、賑《にぎ》やかな声が野営地のそこかしこであがっている。焚火《たきび》を囲んで語らう人々もいた。その中を寄り添って歩く。

「くださったカフのおかげで、たった二度しか困らずに済みました」

「偶然通りかかっただけだ」

魔術師隊の一兵士として振る舞っているせいか、くたびれたローブも猫背で歩く姿も、普段のフレドリク様からは程遠い。声をかけられなければ気づけなかった。改めて変身ぶりに感心する。

「陛下から僕を観察なさっていたと聞きました。心配してくださったのでしょう？　あなた様がお優しいことはもう存じております」

むむっと彼の下唇がさらに突き出る。僕は頬に力を込め、笑いを噛み殺した。

「ここが私の天幕だ」

指示された場所には三角の小ぶりな天幕が立てられていた。子ども用かと思うほどの小ささに驚く。

辺りに並ぶ天幕もまた、中で一人胡坐《あぐら》を組んで座るのがやっとだ。一本の棒につぎはぎだらけのフェルト地の布が吊《つ》るされている。一番上に雨露よけの革が張られているから、野ざらしで寝るよりはましに違いない。

「入れ」

こんなところで紫銀の貴公子が半月も寝泊まりしているとは信じがたいが、頭を入れると彼の濃い体臭が漂っていた。長期間使用しているのは間違いない。

天幕を支える支柱は、真ん中に立つ一本のみだ。胸の高さの支柱は、天幕を頼りなく支えている。

内側へ潜り込むと、人ひとりが蹲《うずくま》って横になるだけの広さしかない。それも手足は伸ばせないだろう。

「僕が入るだけでいっぱいになりそうです。寝るときは座ってお眠りになっているのですか?」

「身体を折って横になって使う。いいから座れ」

中腰でまごついていると、あとから入ったフレドリク様に、狭い天幕の中へ押し込まれる。

「座る場所がありませんので、僕は外で――」

「君の顔が目立つからここに来たのを忘れたのか? 並んで座るのも窮屈だ。とりあえずこのひざに座るといい」

周囲の視線から隠すため、入口の布も閉めてしまう。胡坐をかいた彼に重みをかけないよう、中腰になれないか努力してみたが上手くできない。

「こちらへ体重を全部かけてしまえ」

腹に手が回り、手前に引かれる。諦めてもたれかかると、ふっと鼻で笑った吐息が、僕の髪を揺らした。

「なぜここに来た？」

耳元で囁かれ、背中がぞわぞわしてしまう。もぞもぞしていたら、大人しくしろと両腕で抱き締められた。

「火を使わずにできる食事を二千食用意するよう、男爵領へ通達がありまして、今日はそれを納めに来たのです。そこでジョナスと陛下に偶然お会いして、壊れたカフをご覧になった陛下から、一緒の馬車に乗るようにと。そこでフレドリク様のお話を教えていただきました」

「私の何をだ？」

ことは国家機密だ。口にしていいものかためらう。細心の注意を払い、身体を捻《ひね》って振り返ると、彼の耳元に唇を寄せた。

「あなた様が精霊の子だと」

囁くと、今度はフレドリク様がもぞりと背中を蠢かす。

「すみません。くすぐったかったでしょうか？」

「いや、いまの話し方でいい。もっと寄って話せ。身体を捻るのが難儀なら、こうして私に抱きつけば、耳元で話しやすいだろう」

彼のひざに両脚を揃えて乗せ、横抱きになる形で座り直させられる。

さらには腕を持たれ、背中に手を回すよう導かれた。素直に従うと、二人でぴったり身体を合わせて抱き合う形になる。

狭い室内だからしょうがないが、互いの吐く息をそのまま吸い合うような近距離に、居たたまれなさと緊張が募る。

たまらず顔を背ければ、幕布の隙間から橙《だいだい》色の焚火が見えた。灯りは天幕内まで届かない。互いの顔はほとんど見えない状態だ。

「フレドリク様、これが終わったら、屋敷に帰ってきてくださいますよね？　いなくなったりしませんよね？」

不意にぐぅうっと腹が鳴る音が、小さな空間に響く。そういえば、荷馬車の上で朝食を軽く食べただけだった。すみませんと謝ると、フレドリク様は僕に待つよう言って、天幕を出ていく。

一人で待ちながら耳を澄ます。周囲を歩く気配が増えている。離れた場所で今日の戦果を称え合う声も聞こえた。

布の間から、外をうかがう。焚火がいくつか見えた。茂みで放尿をしている男もいて、眉をひそめる。

「開けてくれ。手が塞がっている」

幕布を開くと、汁ものの入った椀《わん》とエールの入った木のコップを持ってお戻りになる。

いったん食器を置き、胡坐をかいたひざの上に僕を再び横抱きで乗せてくれた。手元が見えるよう、いまだけは入口の布を開けたままだ。

「食べられるなら、全部食べていい。私は済ませてきた」

持たせてくれたスプーンで食べる。慣れない場にいる緊張で、半分ほどでお腹いっぱいになってしまった。大事な軍の食事をもらったのに残して申し訳ないと謝ったら、フレドリク様が食べてくれた。

上着のポケットに割れたビスケットを持ってきていたのを思い出し、召し上がりますかと聞くと、念のため取っておいた方がいいと言われた。暗にここは戦場だから気を抜くなとたしなめられた気がして、気を引き締める。

「今日はもう遅い。狭くて悪いが、今夜はここで過ごすといい。明日は一人で戻れるかい？」

「はい。押しかけてしまってすみませんでした」

食器を戻してきたフレドリク様が入口を閉め、二人で試行錯誤しつつ、横になった。もちろん脚を伸ばすほどの広さはない。

後ろから抱かれる形で密着する。はじめは窮屈だったが、慣れれば、穴ぐらに似た狭さは妙に落ち着いた。フレドリク様だからか、ひと肌の温《ぬく》みが心地よい。

「このローブをやるから、顔を隠して帰るといい。伯父上のせいで、君の顔を精霊の子だと信じている者がいる」

声が外に漏れないよう、耳元で囁かれると、またもや背中がぞくぞくしてしまった。声が出そうになり、肩をすくめて腹に回された彼の腕を握って堪える。くすっと笑われたのが気配でわかった。

彼の手に己の手を重ねる。そっと持ち上げ、両手で挟むように握る。硬い皮膚があったり、ささくれた指先があったりと、高位貴族らしからぬ手から、彼のここ数週間の苦労を想像した。

「……世間の評判とはあてにならないものですね」

「正体を明かせなかったのは、私の活動をしやすくするためだったが、ご婦人方の相手をしていたのは本当だよ。君みたいに清廉じゃないのは確かだ」

「伯爵様の屋敷で助けてくださったのは、偶然ではなかったんですよね？」

「伯父上に聞いたのかい？」

「少しですが」

密着し、小声でひそひそと交わす。

閉め切った天幕内は真っ暗で、相手の体温と自分の耳にだけ届く囁きに、自然と気持ちが集中する。

「監視していたわけではないぞ？　危ない目に遭っていないか心配で、定期的に観察していただけだ」

「僕は十年前にいただいたカフを、今日まで外しませんでした。ジョナスが——僕にはもったいない幼馴染みが、僕に耳飾りを贈ってくれると言っていたのに、頑固にこちらをし続けていたんです」

「外したのは、騎士殿の愛を受け入れる気になったからか？」

丸みのある声が耳を打つ。この優しさがこの方の本性に違いないと確信する。

「諦めたつもりだったんです。十年前にカフをくださった、一度お会いしたきりの方への憧れは、妻を持った以上諦めるべきだって。ジョナスには言えなかったけど、初恋だったんだと思います」

かすかに息を呑む気配がした。

「……それは私のことかい？」

「ずっと憧れていた人が、妻になってくださっていたなんて、これ以上の幸運はありません。僕の力は限られていますが、今度は僕がお支えしますね」

両手で握った彼の手を持ち上げ、そっと唇を落とした。フレドリク様の鼻先が、うなじをくすぐる。

「君は甘い匂いがするな」

「今日運んできたビスケットの匂いが移ったんだと思います」

「このまま君を食べてしまいたい」

その言葉に、胸がきゅっと苦しくなる。甘苦しいというのだろうか、苦しいのにくすぐられているみたいだ。人を好きになると、こんな気持ちになるのかと思ったら、なぜかジョナスの顔が浮かんだ。

――ジョナスも僕を想って、こんな気持ちになるんだろうか。

二人きりでこんなことをしているなんて、ジョナスが知ったら悲しむに違いない。けれど、走り出した気持ちは止められない。残酷なほどためらいのない自分に、これが恋なのかと再度知る。

「僕も……あなたに食べてもらいたい。でも、その前に約束していただけますか？　必ず僕のところに帰ってきてください。何も言わずいなくならないで。僕はあなたの夫ですから。あなたの正体がなんであろうと、ずっとそばにいさせてくださいね」

首を捻って、後ろを向く。真っ暗で何も見えない分、互いの吐息は手に取るようにわかった。唇を開き、吐息だけで名を呼ぶと、唇が重なった。

「いいと言ってくださいませ」

キスの合間に強請ると、「いいとも、誓おう」と、意外なほど誠実な声音で答えてくれる。

「私を本気にさせたね」

冗談にも聞こえる軽い口調だったが、ついムキになって言い返してしまった。

「僕だって本気です」

角度を変え、浅く深く、幾通りもの口づけを交わした。舌先をすすられたかと思えば、彼の舌を奥深くまで咥えさせられる。注がれる唾液を呑むたびに、身のうちのざわめきが高まった。腰に感じる彼の熱に手を伸ばせば、硬く充溢《じゅういつ》している。

「繋がりたいです」

僕が呟くと、彼の喉が鳴った。

「煽《あお》るな。手加減できなくなる」

ぐうっと唸《うな》ったフレドリク様が、荒い息を吐く。素を晒してくれたように見え、自然と微笑みが浮かんだ。

「夫の僕にこれをくださいませんか」

服の上から彼の股間を握り、ゆるゆると擦る。

地面に革の敷物を敷いただけの場所だ。布で遮られているだけで、すぐそばには、兵たちがごろ寝している天幕がいくつもある。

「煽るなと言っているだろう？　ここには湯も水もないぞ。身体を拭く布だってろくにない。私だって、三日前に水浴びしたきりだ」

「あなたが好きなんです。あなたが欲しい」

フレドリク様を一人で探し歩いていたときと同じだ。あとさきを考えず、わがままな振る舞いだろうと己に正直に突き進む。

「……声を出してはならぬぞ」

耳を舐《ねぶ》られながら、シャツの下に手がもぐる。胸の粒を摘まれた。指の腹で転がされると、甘い痺れが走り、腹が波打つ。

下だけ脱いで彼の身体へひっかけるように脚を開く。長靴下もそれを留めた靴下ベルトも身につけたまま、むき出しになった股間を扱かれる。背後へ首を捻って舌先を絡め合いながらされると、あっけなく果ててしまった。それを尻の狭間に塗られ、解《ほぐ》される。

「すまない、余裕がない」

あてがわれた熱にうっとりと息を吐いた。先だけを軽く食《は》ませては抜く。ちゅ、ちゅと湿った音がいやらしい。彼に口を覆うよう言われ、両手で押さえた途端、ぐっと中へ打ち込まれる。

「……ッ、は、……ッ」

身体中にぱちぱちと弾《はじ》けるような快感が広がった。くたりと力の抜けた僕を俯せにする

と、がつがつと腰を使われる。波打つ天幕に、誰かに知られてしまわないかひやりとする。同時に、たとえ誰かに知られても止めてほしくないとも思う。

狭い空間の中で手足を縮め、蹲って尻を上げた。彼の身体が伸しかかる。その重みさえ、愛おしい。

荒い息遣いが聞こえる中、僕の背中で彼の身体が強張る。中で達したものもひくひくと余韻に震えた。

しばらくそのままで、重なり合う。

後ろで食んだままのものが、再び力を取り戻すと、座った彼に向かい合う形で跨る。互いの身体を抱き合い、対面座位で再び頂点を目指した。口づけで声を封じながら、腰を跳ね上げられる。僕も妻となった男の上で、夢中で腰を振った。

朝靄《あさもや》がかかる中、弱々しい朝陽が幕布の間から射し込む。色疲れした僕を見たフレドリク様は困惑し、頭を振った。

強烈なくせ毛になる魔法具であったカフが外れたことで、すっかり本来の直毛に戻ってしまった。綺麗に分け目ができてしまい、顔がほとんど隠れない。

「私のローブでは君の美貌を隠すのは無理だな。トラブルにならないよう、今日一日だけでも効く魔法具を即席で……仲間に作ってもらうよ。私だと時間がかかりそうだ」

陛下から聞いた、魔術師としては人並み以下のフレーズが頭をよぎる。生まれも能力も恵まれすぎるほどの彼に、苦手なものがあるなんて愛らしく思える。

とはいえ、気持ちを自覚したからこそ、迷惑をかけるのは忍びない。

「フレドリク様、面倒をおかけしてすみません」

しょんぼりと肩を落とすと、軽く頬にキスされる。

「フレッドでいい」

昨夜誓ってくれた「本気」は本当なのだ。昨日陛下が呼んでいるのを耳にし、少しだけ羨ましいと思っていただけに、嬉しさで飛び上がりたい気分だ。

自分から手を伸ばし、彼の手を握る。緊張でぱちぱちと瞬きを繰り返しながら、間近にある彼の瞳を見つめる。

「では、僕のこともレイとお呼びください」

「ライバルと同じ呼び名はちょっとね。それに、レナルトの響きは気に入っている。いいかい、レナルト?」

「はい、フレッド様」

さっそく言えた彼の愛称は、口にすると心地よい。何度でも言いたくなる。

「様はいらないよ。君は夫だろう?」

「はい……フ、フレッド……様。すみません、いきなりは無理です」

呼び捨ては僕にはまだ難しい。しかし、眉を下げた僕を見つめる顔は嬉しげだ。

「仕方ない子だ。では、無茶を働いた夫のためにひと働きしてこよう」

靄がかった草地を機嫌よく歩いていくフレドリク様を見送る。張られた天幕の中から目だけを覗かせ、「いってらっしゃいませ」と言ったら、一度外に出てから数歩でなぜか戻り、深いキスを長々とされてしまった。

一人でキスの余韻に呆けたのち、くしゃくしゃになった服をなんとかそれらしく身につける。

尿意を催したが、勝手に外に出てはまずいだろうとしばらく我慢した。しかし、どうにも堪えられない。フレドリク様のローブをかぶって外へ出る。いつもかけていた伊達眼鏡はどこへ置いてしまったのか見当たらず、諦めた。

旅の途中でならいざ知らず、こんなに人が密集した屋外で放尿した経験が僕にはない。どの程度離れた茂みならよかろうかと辺りを見回し、人真似をしてなんとか済ませた。

戻る途中、不意に後ろからローブの帽子を引き下ろされた。振り返ると、鎧《よろい》をつけず、一人だけ綺麗なままの服を着た男がいる。尊大に顎を上げてこちらを見下ろす男の胸には、見覚えのある紋章が刺繍されていた。

「オルソー男爵」

威圧的な声で名を呼ばれ、「はい」と怯《おび》えた声で答える。

「評判とかなり違う外見だな。呼びかけて返事しなければ、別人だと思うところだ。それにしても、私を前にしてそうも頭を高く上げていられるとは、陛下と二人で話をしたぐらいで、男爵風情がずいぶん偉くなったものだ」

紋章が示す家名とその名を思い浮かべ、なぜこんなところにいるのか不思議に思いつつ、頭を下げる。

「シェセール公爵様、申し訳ありません」

「変装した弟の天幕から出てきたな？　戦から逃げて遊び歩いていると見せかけて、実際は魔法具で外見を変えて参戦していたとは、どうせ後ろめたい理由があるのだろう？」

公爵だって王都でお飾りの大将職を一度拝命しただけで、戦場に出た経験などないと思ったが、口にしたらもっと怒らせてしまいそうだ。

戦いに向いていなくとも、高位貴族ならば政務や学問で名を上げる者や、養護施設などへの寄付活動を盛んに行うなどして名声を維持する場合が多い。

しかし、どちらの方面でも名を上げられていないシェセール公爵は、血の尊さを誇るだけの貴族だと、取引先の商人たちが話しているのを聞いたことがある。

面倒な方につかまったと、内心ため息をつく。どこまで知っているのかわからず、下手な話はできない。彼の不利になるような真似はしたくない。

「ついてこい」

強引に腕を摑まれ、引きずられるように連れ出される。

「公爵様、おやめください！」

「男爵ごときが逆らうな！」

怒鳴り声とともに頰を張られた。地面に転げた僕に周囲が何事かと振り返る。こちらを指す兵もいた。腕を摑んで立てと命じられたが、頭がくらくらしてできない。

公爵から逃げようともがいていると、待っていた人物の声がした。

「兄上、お待ちください。彼を放してください」

ほっとして涙が浮かんだ。顔を上げれば、緑の髪をしたフレドリク様が息を切らし、公爵様を睨んでいる。

「やっと姿を現したか。顔だけはいい夫を持ったようだな。だが、この底辺貴族が俺に非礼を働いたのだ。これから仕置きをしてやる」

嘘だと首を振ってフレドリク様を見れば、「わかっている」と応えてくれた。

「これだけ衆目のある場所で嘘をつくとは、さすがですね。血筋以外に誇れるもののない人間だと、民からも見抜かれているのをご存知で？　兄上、短慮を起こしてはさらに侮られますよ？」

公爵は怒りに口元をわなわなと引き攣らせる。懐から短刀を取り出し、鞘《さや》から抜く。鈍《にび》色《いろ》の刃《やいば》が僕へ向けられる。

「そんな口を利くとは、この者が仕置きで死んでもいいのだな?」

腕を乱暴に引かれ、刃が首筋に当てられる。

公爵が合図すると、気弱な目をした御者が馬車を引いてきた。黒々とした車体は生臭く、禍々《まがまが》しい雰囲気を放っている。

「要求をおっしゃってください。私をいたぶるためだけにいらっしゃったわけではないでしょう?」

「まずは乗れ。中で話そうではないか」

公爵が顎で指す。フレドリク様を先に中へ入らせると、僕の背中を蹴って押し入れる。そのまま扉を閉められ、閉じ込められてしまった。馬車の窓は嵌め殺しで、叩き割ろうとしてみたが、魔法具になっているのかヒビも入らない。

鍵をかけられた様子はなかったのに扉は押しても引いても開けられなかった。窓の向こうで公爵が不敵に笑う。

御者は馬を馬車から外し、怯えた目でこちらを見た。公爵に命じられると、懐から白い鳩《はと》を取り出して放つ。何かの合図のようだ。

二人で窓や扉に体当たりしたが、奇妙なほど揺れもせず、びくともしない。

「おそらくこの馬車自体が魔法具だ。レナルト、おいで」

言われるがままフレドリク様に必死でしがみつく。床にぽつんと黒いシミが浮かんだ。シミは広がり、文字になって浮かび上がる。

「私たちを転移させる気だ。大がかりだな。敵に精霊の子がいるのは間違いないらしい。相当の魔力をつぎ込ませたらしいが、魔力の質が悪い。無事に転移できるかわからないぞ」

「僕たち、死んでしまうんですか？」

「殺すだけならこんな手間は取らない、と思うが。雑な仕掛けだから失敗するかもしれないな。とりあえず、ザジェールの精霊の子と魔術師の腕を信じよう」

周囲が光に包まれ不意に落下が始まる。枝が折れる音と身体が浮く感覚に、ヒッと悲鳴をあげた。

息を止めて衝撃を堪えたところで、僕は意識を失った。


寒さで目が覚めた。湿った空気の、薄暗い場所だ。

石床が目に入る。起き上がろうとすると、身体の節々が痛んで呻いてしまった。

　ふらつく頭をゆっくりと持ち上げる。すぐ隣には青白い顔をしたフレドリク様が横たわっていた。痣《あざ》を作ったお顔が痛々しい。左の二の腕からは血が滲んでいた。

「フレドリク様！」

「起こさない方がいい。さっきまで、あなたを守るために暴れて大変だったんだ」

　細く頼りない声音に振り返ると、貧相なベッドに少年が座っている。

　少年は坊主頭で眉もなく、痩せこけて目が落ちくぼんでいた。腕と脚には包帯が巻かれ、フレドリク様よりも酷い状態に見える。纏っている服はシャツとぶかぶかのズボンだけで、清潔には見えなかった。

「君は？　ここは牢《ろう》か何か？」

「ここはザジェール軍の地下牢だよ。鍵は外から閉められてる。あなたたちを連れ出すのに魔法具を使ったんだけど、作動しない魔力核があって、上手く着地させられなかった。その衝撃であなたは気を失い、この人は怪我してしまった」

　少年は息切れしたのか、いったん言葉を区切って肩で息をした。再び口を開くと、力なく笑う。

「僕は必要な魔力核を用意するほどの魔力は集められないって言ったんだけど、気力でなんとかしろって殴られたから」

　こんな弱り切っている子を殴るなんて信じられないと、僕は眉をひそめる。

隣に横たわる彼を見れば、僕の身体にはない細かな切り傷が、顔や手足にある。少年の言う通りなら、着地のときに僕をかばったせいだろう。

「君の魔力ってことは、もしかして連合軍の精霊の子って、まさか君？」

「うん。元々はビグランドで生まれたんだけど、いまのビグランドは実質ザジェールの手下だもの。この人すごいね。あなたを守るために、いくつも雷を落として大暴れしたんだよ。特にあなたの顔を見て色めき立ったザジェールの軍人たちは、稲妻に打たれて全員病院送りになったよ」

剃られているのか、つるりとした己の頭に手を当てた少年は微かに笑う。

彼がこちらを害する様子はないが、精霊の子である以上、気は抜けない。羽織っていたローブを脱ぎ、フレドリク様の身体にかける。

「お顔に痣ができている。彼、ザジェールの人に暴力を振るわれたの？」

「ザジェール人たちは怖がって、誰も彼を殴れなかった。ただ、君に手を出さない代わりに、血を提供するよう取引をしたんだ。この人も永遠に雷を落とせるわけじゃないからね。血を抜かれすぎて失神しそうになってたけど、ここに閉じ込められるまであなたを守っていたよ。その痣は失神しかけた彼が転んで顔を打ったからだ」

「なんで血なんて……こんなに顔色が悪いのはそのせい？　あぁ……お願い、ジョナス助けに来て」

無意識に幼馴染みの名を口にする。彼なら諦めずに探してくれるはずだ。頼もしいジョナスの顔を思い出すと、少し落ち着くことができた。

「食事も水もそこにある。僕の分だけど、食べないからあなたたちが食べていいよ」

少年が指さした入口の脇には、革袋に入った水と、乾いたパンが置かれている。

「どうして君は食べないの？」

「ほっといてよ。僕がちゃんと食事を取っていたら、あなたたちの着地も上手くやれたかもしれないけど……どうせ長生きしないし、もうどうでもいいんだ」

不貞腐れたように、少年はベッドに横になり、こちらに背を向けてしまった。

「……君みたいな子が精霊の子だとは思わなかった。百年に一度の奇跡の存在なのに、どうしてそんな粗末な服を着て、こんなところにいるんだい？」

「僕はあなたたちの見張り役だよ。同じ精霊の子なら、また暴れてもなんとかできるんじゃないかって思ったみたい。僕、魔力を集められるだけで、他には何もできないんだけどね。精霊の子はここじゃ奇跡じゃなく、ただの消耗品だ」

寝返りを打ってこちらに向き直ると、答えてくれる。自暴自棄に見える部分もあるが、こうして会話をしてくれるところを見ると、ひと恋しかったのかもしれない。

「精霊の子って、もしかして他にもいる？」

「いまはいない。でも前はザジェールに一人いたって。精霊の子って、公に名乗った人が少ないだけで、言われている以上に多く生まれているんだよ。誰にも言わずに隠れている人もいるかもね。僕も逃げればよかった。国のためになると思って、父さんも母さんも素直に申し出たのに。結局、僕をいいように働かせるための人質になってしまった」

味方のはずの少年やその家族を脅して働かせるなんて、卑劣だ。

「ご両親がつかまっているの?」

少年は力なく頷く。

「この身体を使い切ったら、もう人質の価値はなくなるよ。そうしたら父さんたちは自由になれる。僕の最後の親孝行は早く死ぬことなんだよ」

「そんなわけないだろ。子どもが死んで喜ぶ親なんかいるもんか! 大体、精霊の子を使い切るってどういう意味? 大事にされるものじゃないの?」

近寄って彼の手を握った。痩せて骨の浮いた手は、驚くほど冷たい。両手で彼の手を温めた。少年は抗わず、じっとしている。

「そっちのお兄さんは知ってるみたいだったよ。だから自分の血を取引材料にしたんだ」

「血が取引に?」

知らないんだね、呟いた少年の瞳に憐《あわ》れみが浮かぶ。

「魔力はあらゆるものにちょっとずつ含まれているんだ。集める力が大きいほどたくさんの魔力を生み出せる。集めた魔力を第三者に渡すために使用する媒体が、魔法具の核。魔法具を構成する素材全体に魔力を込めるやり方もある。それ以外の方法で魔力を取り出すにはどうするか知っている？」

問われ、首を振った。何か怖いことを言われるのだと感じた。

「髪、爪、血、肉。精霊の子の身体から生まれ出たものに大量の魔力があるんだ。だからこの身体は髪も眉も剃られて、血を抜かれている。最後は刻んで使うんだって」

「……うそ」

少年は笑った。口元だけ歪ませた笑い方は痛々しい。

「精霊の子の墓って、バングヴァールにはある？」

「聞いたことが……ない、かも」

言いながらぞっとした。そんな蛮行がバングヴァールでも行われてきたなんて信じられない。

「そもそも存在しないんだよ。骨も魔法具の核にされてしまうから」

あまりの話に何も言えず、息を呑む。

「ザジェールは、その人を次の精霊の子として使うつもりだ」

「僕を人質に彼を脅すってこと？」

「だからその人は、あなたをそばから離さなかった。いくつも雷を落として、魔力をほとんど使い切ったんじゃないかな？　この石牢に閉じ込めて、ザジェールはこの人があなたを守れないほど弱るのを待っていると思う」

歯を食いしばって涙を堪えた。泣いても、体力を消耗するだけだ。いまできることをしようと考える。フレドリク様が守ってくれたのだ。無駄にしたくない。それにジョナスならきっと助けに来てくれるはずだ。

「教えてくれてありがとう。君の名前を聞いていい？　僕はレナルトだよ」

少年は無駄だとばかりに首を振って黙り込む。

ポケットを探ると、昨日のビスケットが残っていた。

「僕、お菓子を持ってるよ。砂糖とナッツが入っているんだ。これなら食べられないかな？　そんな細い身体じゃ心配だよ」

「いらない」

少年は悲しげに首を振る。まだ十代前半だろう彼の目に、生気のない諦めしか見えないのが切ない。

「おいしいよ？　どうでもいいなら、ひと口だけでも食べてごらんよ。僕って一応敵だろ？　食べれば敵の食糧を奪えるよ？」

にっこりと微笑みかけると、呆れたようにため息をつかれた。

「過ぎた力は災いと同じ。お兄さんのその顔もそうでしょ？」

口調は冷ややかだが、この顔をそんなふうに気にかけてくれるなんて意外だ。

「フレドリク様のおかげで、そんなに苦労してないよ。さあ、僕のために食べて。僕、彼を骨まであいつらに使わせる気なんてないから。死んでもいいなら、僕のために食べてよ！　ねぇ、ええと……」

「……テッド」

「テッド、いい名前だね。テッド君、どうぞ。むせるといけないから、水を持ってくるね」

起き上がった彼にビスケットを持たせると、彼の表情が緩んだ。ひと口齧《かじ》ると、目を見開く。

「これ……懐かしい味がする」

「ビグランドから逃げてきた人が作ったんだ。作り方が一緒なのかもしれないね。うちの領地には、ビグランドの人がいっぱいいるよ。リンゴ酒も作ったんだ」

リンゴ酒の言葉に少年は反応し、視線を上げた。無気力だった瞳が、かすかに潤む。

「父さん、リンゴ酒を作るのが上手だったんだ。荷馬車に乗って、樽に入ったリンゴ酒を売って回っていたんだよ。……あのころに戻りたい」

唇がへの字に曲がる。僕は彼の隣に座り、彼を抱き締めた。彼はよれたシャツの襟を引っ張り、目元を擦る。シャツの胸元に点々と涙の染みが浮かんだ。

「全部終わったら、うちの領においで。君のお父さんも上手だったろうけど、うちのサンテさんのリンゴ酒もうまいんだぞ」

テッドが顔を上げる。その瞳には驚きと喜びが浮かんでいた。

「その人は黒髪？」

どうして髪色が気になるのだろうと首を傾げつつ、答える。

「そうだけど、酷い縮れ毛で――」

「父さんの名はテルエリ・サンテ、だ」

彼の頬に涙が流れる。

「え、もしかしてお母さんは茶色の髪に緑の瞳？　サンテ夫妻は二人で国境を越えて、無事にオルソー領で暮らしているよ」

「隙を見て逃げるから、自分たちのことはかまわなくていいって言ってた。てっきりまだつかまったままだと――」

掠れた声で嗚咽《おえつ》する少年を、胸に抱き締める。サンテさん夫婦が同じように涙を流して喜ぶ姿が目に浮かんだ。なんとしてでも彼らに引き合わせたい。

「このビスケット、君のお母さんが作ったんだよ」

テッドは泣きながら、大事に残っていたビスケットを食べた。彼に水を飲ませ、パンも少しずつ食べさせる。食べる気力のあるうちに、体力をつけてやりたかった。テッドに薄い毛布をかけてやる。泣き疲れた彼はすぐに眠ってしまった。ビスケットを入れていた袋を握り締め、鼻先に当てているのがいじらしい。お母さんの香りがすると呟いていた彼の嬉しげな声を思い出すと、胸が痛んだ。

彼のこれまでの苦労を思い、鼻をすする。指先に少し冷たい手が触れた。

「泣いているのか？」

「フレッド様、起きてらっしゃったのですか？」

「途中からな」

「テッド君から、僕を守ってくださったと聞きました。ありがとうございます。また、助けられてしまいましたね」

「君に手を出さない代わりに、ザジェールの新しい精霊の子になって戦えと脅された。彼らいわく、この少年はもう使いものにならないからと。この子の前で平然と言うんだ。そんな奴らと取引なんてできない。君を渡すまいと無理をしてしまった」

少年のために憤ってくれるなんて、素敵な方だ。

「フレッド様……お一人でお逃げください。それから、ジョナスを連れて助けに来てください。僕、この子と待っていますから。あなたはバングヴァールに必要なお方です」

彼の手を握り返す。涙を拭かせてくれと言われ、床に横たわったままの彼へ顔を近づけた。目じりの涙をぬぐった指先を、フレドリク様が口に含む。口の端が上がった。

「確認なんだが、君、風呂に入っていないよな？」

「こんなときに何をおっしゃっているんですか？　そんなことをしている余裕があるわけないでしょう」

「では身体の中に、昨夜《ゆうべ》の名残《なごり》が残っているか？」

「この非常時に何を考えているんですか！」

少年が起きないよう、小声で詰る。フレドリク様はなぜか「ふふ」と嬉しそうに笑った。

「さっき聞いただろう？　精霊の子の身体から生まれ出たものに魔力が宿ると。血をたくさん抜かれて、いまの私の体内に魔力はほぼ残っていないが、君の中にはある」

意味を理解した僕は、慌ててテッドを見る。彼の胸は規則正しく上下し、深く眠っている。慎重に声を潜めた。

「無理ですよ。だって、あんなにしたのに、ぜんぜんお腹苦しくないですし、何も出ませんって……」

半泣きになるとまた笑われた。こんな状況なのに機嫌がいいなんて、豪胆な人だ。

「もしかして、尻から精液をかき出されるとでも思ったのか？」

「え、いや……違うんですか？」

「さっき、君の涙を舐めたら、魔力を感じた。君の身体の中を魔力が巡っている。つまり、キスでいいんだよ。おいで。舌を出して。昨日私がやったように、唾液を私に呑ませるようにしてごらん」

覚束《おぼつか》ないながら舌を差し入れる。青白い彼の顔色は変わらないが、頼もしいほど不敵な笑みを浮かべている。

何度も舌をすすられる。もう何も出ないほどすすり尽くしたあと、ようやく身を起こした。僕に寄りかからせ、ふらつく身体を支える。

「私は魔力を扱えるが、どうにも大雑把なんだ。魔法具の術を組むのも、ちまちましすぎて性に合わない。だがいまは苦手だなんだと言っていられないからな。少年を起こしてくれ」

「いま寝ついたばかりです。もう少し寝かせてやれませんか？」

「大胆なのか浅はかなのか知らないが、人目のある場所で私たちは攫《さら》われた。あの神雷の騎士は、いまごろ必死でここを目指しているに違いない。伯父上も大攻勢をかけてくると考えていい。どちらに転ぶかわからないが、今日明日で決着がつくだろう。ならば、魔法具を動かすためにも、ザジェールはまた私の血を奪うか、髪の毛なり爪なり採取しに来るはずだ」

つまり、いつこの牢に彼らがやってくるかわからないということだ。

顔を青くした僕を元気づけるように、フレドリク様が笑みを向けてくれる。

「ジョナスたちがここをどれだけ早く見つけられるかが、勝負の分かれ目だ。私たちの捜索に手間取れば、勝機を失う可能性もある。こちらから動いて、見つけてもらおう」

言いながらつけていた指輪を外す。髪と瞳の色が、本来の紫がかった銀髪と藤色の瞳に戻った。魔法具の指輪を壊し、わずかでも魔力を取り戻すために、核になっていた粉末を呑み込む。涙を乾かしたものらしい。

「見つけてもらうと言っても、どうやって？　雷を落とすのですか？」

落雷は魔力そのもので殴りつけるような技で、効果の割に消費が大きく、いまのフレドリク様には無理だと言う。代わりに空気を奪うのだと説明してくれた。

「魔力核の周囲に空気を凝縮させるんだ。空間は続いているから、全部は奪えないけどね。悪ガキだったころに試したきりだが、組み方は覚えている。ただ、昔に比べて魔術が下手になってしまったからな。まともにできるか五分五分だが、やるしかない」

合図が出たら目を強く閉じて少なくとも五十数えるまで息を止めなければいけないそうだ。テッドには無理だと言ったら革袋を使えと指示される。

他にも、少年が残したパンを水で練って耳栓にする。「空気を奪う」意味がよくわからない僕には、なぜそれが必要か理解できなかったが、指示された通りにした。

フレドリク様は自分たちが閉じ込められた石牢の『石』に魔力を詰め、核として魔術を組むことにした。

床石を魔力で満たすと、隣にも広がっていく。

「この石積みの建物一棟分丸ごと核として使えるぞ」

体積があった方が込めやすいのだという。

床に手を当て魔力を込める。次に、手をかざして術を組み込んでいく。

途中で僕の舌を再度すすった。魔力が足りないのだと知り、いったん身を引いて、待ったをかける。

「レナルト？」

思い切って唇を噛み切った。彼の両頬に手を添え、ぶわりと溢れ出た血を彼の口中へ注ぐ。

「フレッド、僕の血をもらってください」

はじめはためらっていた彼の喉がこくりと動く。僕は祈るように彼へ唇を押し当てた。

◆
◆
◆

森の中は血の匂いで満ちていた。

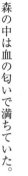

怯える敵兵へ容赦なく剣を振るう。骨を断つ手ごたえに、なんの感慨もない。戦場でのためらいは死に直結する。

自分に剣の才能があってよかった。

騎士でなければ、敵陣にとらわれた彼を迎えに行くことはできなかった。

ただ、悔しさはある。

騎士になるためにレイから離れていた間、彼の身に懸念していた万が一が起きた。窮地を救ったのは、彼にカフを与えた男だ。

——カフ一つに負けてたまるか。騎士団長になったら結婚してくれと言ったのはこっちが先だったのに。

告白と同時に口にした言葉は、そのまま俺の夢になった。

愛を告げたが、受け入れてもらえなかったのは子どもの俺でもわかった。二つ年下のレイはもっと子どもだ。幼さゆえに理解できないのは仕方がない。

しかし、見知らぬ男にもらったカフを外さないレイに、ひやりとした焦りを感じていた。恋をしてしまったのではないかと不安になり、毎年彼へ好きだと念押しするように気持ちを伝えていたが、彼はカフを外さなかった。騎士になるためとはいえ、彼から離れた自分の選択が間違っていたのではと悩んだ時期もある。

——今度こそレイを手に入れる。そして、レイが顔を上げて歩けるように俺が守る。誰にも文句は言わせない。

自分が得た名声はすべて彼のためだ。複数婚とはいえ、ついに入籍が実現したのに、そのレイの身は敵の手にある。

「必ず取り戻す」

刃先についた血と脂を、倒れた敵兵の衣服で拭い取る。こぼれた刃に舌打ちをし、いくらかましな格好をした、将兵らしき男の死体から剣を分捕って進んだ。

飛んできた矢を剣で払い落とす。鎧の継ぎ目に刺さったものは引き抜いた。血が出たが、痛みは感じない。

ベルトに結んだこぶし大の玉——矢逸らしの魔法具が土くれのようにぼろぼろと崩れ落ちる。再びちっと舌打ちをして投げ捨てた。


朝方に起きた異変を、最初に正しく把握したのは俺だ。

総大将の天幕へ直接報告し、そのまま短期決戦の命令を受けた。速やかに全軍に大量の魔法具が配布され、まだ朝の気配が残るうちに川を越えられた。それから陽は南中を過ぎ、傾き始めている。

馬はとっくにどこかへ行ってしまった。両脇を固めていた仲間も見当たらない。倒されたのか、自分だけが敵陣深く入りすぎたのか、夢中で剣を振るううちに一人になっていた。

レイを探すためなら、仲間の命すら気にかけない冷酷さに、呆れて見放されたのかもしれない。

陽が暮れる前に退却の命令が出るだろう。そこで戻らねば敵陣に一人残されてしまう。

——がむしゃらに進んでも時間の無駄だ。考えろ。

朝飯を食うのも任務のうちだと、慌ただしく腹に入れたが、こう戦い通しではさすがに空腹だ。そのせいか、焦りばかりが募る。

殺した兵から水筒を奪い、喉を潤す。食えるものを探したが、周りの死人たちは持ち合わせていないらしい。

——昨日、レイにもらったビスケットがあったな。

しかし、食べるのがもったいない。あれが愛しい幼馴染みとの最後になるとしたら、このビスケットを食べてしまったら一生悔やんでしまいそうな気がする。

「レイ、なぜお前まで……」

悔しさに、ぎりぎりと歯噛みする。思い直し、ビスケットは敢えて食べることにした。大事に取っておくのは、彼が戻らないと弱気になっているようで嫌だった。

血なまぐさい戦場で、甘い菓子を食べる自分が滑稽に思え、鼻で笑った。隙を見せたと思われたのか、二人の騎士が斬りかかってきたが、冷静に反撃する。傷を負った彼らはより味方の多い方向へ逃げていった。

——攻撃にまとまりがない。兵を束ねる将兵が少ない気がする。なぜだ？

敵騎士を追っていくと、いくつも落雷が落ちたように見える、焼け焦げた場所に出た。多くの馬が通った跡もある。荷馬車らしき轍《わだち》も見つけた。

——フレドリク様が抗《あらが》ったのか？　ここからどこへ連れていかれた？

踏まれた草の方向を調べていると、ぽつぽつと味方が集まってくる。俺の隊の仲間だ。

「中隊長、一人で先行しすぎです。いくら最前線の戦闘に慣れた俺たちでも、飲まず食わずでは戦えない。孤立したら全滅しますよ」

部下に苦言を呈される。使えない奴は陣へ帰せと命じると、とっくに帰したと言う。いい判断だとねぎらい、飲みかけの水筒を渡して回し飲みさせた。

「ここが魔法具の転移先だろう。陽のある間に、荷馬車の轍を辿るぞ。戻りたい奴は戻っていい。今回ばかりは俺についてきたら生き残れないかもしれない」

戻る気のない上司を見て、疲労の色を浮かべた騎士たちは各自軽食を取り出し、休憩に入る。

「中隊長はすでに多くの功績を上げてらっしゃるのに、まだ手柄を上げる気ですか？　怖い方だ」

そういう本人も血を浴び、敵から見れば悪鬼のごとく見えるだろう。

「女神が自分の隣で立ちションしてたなんて意味不明な話から、よく精霊の子が攫われた事件に辿り着きましたね」

別の部下は、倒れた敵兵の矢筒を奪い、着々と次の戦闘に備えている。その目はまだまだ戦う気力に溢れている。

「貴族同士の揉め事だと、奇妙な馬車が走り去っても何も思わなかった奴らを問い詰め、公爵をつかまえたのは早業でした」

「拷問まで上手でらっしゃるとは。十数える前にしゃべらせてましたね。手足が腐ったら野犬に食わせろって命令も怖かったなぁ」

歴戦の騎士たちがげんなりした顔をし、苦笑する。

「さて、もうひと稼ぎしますか。我らが中隊長は、精霊の子を取り返すまで退却する気はないようだ」

仲間たちが立ち上がる。それを満足げに見回したとき、妙な風が吹いた。

ゆるゆると始まった風は、常に同じ方向に吹き続け、ぞぞぞと魂を吸われるような気色悪さがあった。

「普通の風じゃない。魔法具で起こされた風の可能性があるな」

そう言うと、仲間たちも同意する。

「どちらかの精霊の子が起こした風か、または封じるための風か」

「どっちかわからないがな」

部下たちの言葉に頷く。俺は裂けた木と焦げた地面を指さす。

「バングヴァールの精霊の子なら、攫われて大人しく従うとは思えない。しかし、同時に攫われた人物が人質にされたのなら、従わざるをえなかっただろう。周囲を見る限り、落雷の跡はここにしかない。俺が敵なら、精霊の子を痛めつけて気力を奪ったうえで、自陣の精霊の子を見張りにつける」

「だとしたら一緒にいますね。さすがに敵の精霊の子と戦えるほどの魔法具は持ち合わせていませんが——ここにいるのは十人だ。行きますか？」

隊員たちは視線を交わし合う。

「今回の戦いが精霊の子相手だというのは初めからわかっていたことだ。方針は変わらない。接近して討つ。建物内にいてくれるならこちらも身を隠しやすい」

俺たちは、風が向かった方向へ進軍した。


古い砦《とりで》らしき場所に出た。上階は崩れているが、一階の部屋の窓にはいまも使われている形跡がある。見張りの兵が何人か倒れているのが見えた。窓を覗けば、中にいる人物も昏倒《こんとう》している。皆、ザジェールの兵服を着ていた。

「死んでいるわけではないようだ。気絶している」

息があるのを確認し、それぞれ後ろ手に縛り上げていく。泡を吹いている馬を見た部下の一人が眉をひそめる。

「馬まで気絶しているぞ。幽霊が通ったあとみたいな気色の悪さだな」

異様な光景に身構えつつ進む。奇妙な静寂の中、建物の中から足音が聞こえた。

――精霊の子か？

現れるのは敵か味方かわからない。

ゆっくりと開いた扉から顔を出したのは、ストロベリーブロンドの青年だった。坊主頭の少年の手を引いている。

俺の姿を見つけたレイは驚いた顔をし、くしゃりと泣き顔になる。

駆けつけ、彼を抱き締めた。建物から引き離し、身を隠せる場所へ連れていこうとすると、「待って」と抗われる。

「フレドリク様がまだ中にいる！　動けなくて、地下牢の前にまだ残っているんだ。僕たちに先に行けって。必ずジョナスたちが近くに来ているからって。お願い、あの方を助けて」

気絶しただけの兵たちが呻きながら目を覚まし始めている。時間がない。

レイだけを連れて帰ってしまおうか一瞬迷ったが、彼をこのまま残すのは危険だと判断した。

俺は仲間にレイと少年を託し、建物の中へ入った。

外よりも、中にいた人間の方が先に目を覚ましているらしい。突然の侵入者に驚く彼らを斬り捨てて進む。レイから聞いた地下へ下りると、紫がかった銀髪が目に留まった。変装が解けたフレドリク様は廊下で蹲っている。肩を貸して立ち上がらせれば、俺を見てかすかに笑った。

「肩をお貸しします。逃げますよ。バングヴァールの騎士として、敵にあなたを渡すわけにはまいりません。逃げる体力がないなら、すぐに殺して差し上げますが、いかがしますか？」

「まだ動ける。ここまで来て、私情で私を殺す気じゃないだろうね？」

軽口が利けるならまだ平気そうだ。紐《ひも》でフレドリク様と俺の身体を結んだ。

「外じゃ、人間も馬も泡を吹いて倒れていましたよ。どんな手を使ったんです？」

行きよりも敵の増えた通路を、片腕で応戦しながら戻る。

「空気を奪った。対策はしたんだが、気圧が下がったせいで傷口から血が噴き出て、動けなくなってしまってね。ジョナス、紐で身体を結んだら、私を見捨てて殺すときに手間取るんじゃないか？　精霊の子を敵陣に残すつもりはないんだろう？」

「引きずってでも連れ帰るつもりですから。レイの頼みです。俺も無茶をしますよ」

神雷の騎士だと敵へ名乗り、邪魔しなければ殺さないと叫べば、怯んだ兵たちが下がる。二つ名というのはなかなか便利なものだ。

「あなたより生まれ持ったものが圧倒的に少ないので、努力を怠らないのですよ」

参ったなと呟いたきり、反応がない。気を失われては困ると、彼の太ももをつねって気を確かに持てと怒鳴る。

攻めあぐねる敵兵と睨み合いつつ、なんとか外へ脱出する。仲間たちと無事合流したが、古い砦の周りは、敵兵たちに囲まれていた。

こちらに馬はない。睨み合いながら、不利な状況をどうすべきか考えていると、レイがザジェール兵たちの後ろを指さした。

「軍旗です！　近衛騎士団の白い軍旗が見えます！　陛下御自身がここまでいらっしゃるなんて！」

「君は心強い男だね」

土埃を上げ、近衛騎士たちが猛然と駆けてくる。それを見たザジェール軍は逃げ出した。夕方になれば兵が引くと読んでいた敵軍は崩れ、翌朝には降伏の使者がバングヴァール王の元を訪れた。

戦いの事後処理は将軍たちと陛下によって決められ、この地を守る北部騎士団が采配をとった。前線を戦い抜いた中央騎士団の役目は終わり、王都へ戻ることになる。戦いの規模の割に死者数は少ないが、ほぼ全員がなにがしかの怪我を負っていた。

◆
◆
◆

兵站部の本部がある町の宿をひと部屋使わせてもらい、湯を浴びた。体力が落ちている上に長年痛めつけられた傷のあるテッドは、僕が湯で丁寧に身体を拭いた。

フレドリク様とジョナスは、他の部屋で怪我の治療を受けているはずだ。

昨日、無事に自陣に戻って以降、夜遅くまであれこれ事情を聞かれた。

シエセール公爵が衆目のある場所で神雷の騎士から拷問を受けた事件も、同日の朝に起こっていたのだと聞いた。名前は知られずとも、居丈高な貴族が自国を裏切った件は人々に知れ渡ってしまった。

テッドの身の安全を確保するために彼の状況を説明し、魔術隊の隊長さんや軍の偉い人たちを説き伏せるのが一番骨が折れた。精霊の子に初めて接するため、怖がったり、怖がっているのを隠そうと変に強気に出られたりして大変だった。

「我が国にも精霊の子はいる。フレドリクとならお前たちも会っているだろう？」

もはや隠せないと判断した陛下が、彼らにバングヴァールの精霊の子が誰であるかを明かした。彼の夫である僕も巻き込まれた以上、一緒にいた魔術師の正体はいずれバレてしまうと考えたらしい。

フレドリク様も少々露悪的な言い回しで僕を擁護し、動揺する彼らを説得してくれた。心強い妻だ。

「レナルトはザジェールにとらわれている間、敵軍の精霊の子の心を摑み、寝返らせることに成功した。さらには精霊の子の両親をオルソー領で保護し、信頼も得ている。つまりバングヴァールが善人の顔をして、親子三人ともに暮らさせてやれば、彼らの心を完全に掌握できる」

結果的にフレドリク様が彼の後見人になる条件で、オルソー領内であれば、監視がつくものの親子三人で暮らせる許可が下りた。

両親に再会したテッドの号泣っぷりに、立ち会った誰もが涙した。精霊の子は怖い存在だと恐れ、警戒する気持ちが残っていた兵や騎士たちももらい泣きしていた。

一方、シェセール公爵は数年前からザジェール王国と通じ、騎士団の動きやバングヴァール国内に流通している魔法具の情報などを流していたと自白した。国家機密に関わる立場ではなかったため、深刻な被害が出るものではなかったが、僕たちを攫って身柄を敵国へ送った件は重く受け止められた。

公爵が道を踏み外した原因は、自分が精霊の子として生まれついたためだとフレドリク様は主張した。陛下へ嘆願したおかげで、公爵の子が襲爵しない条件で、家名は公にされず、裏切り者にはしかるべき処分を行ったとだけ発表された。

名も身分も奪われた元シェセール公爵——ラルフ様は、一人の囚人として僻地へ送られる予定だ。

ラルフ様が受けた拷問の内容については、誰に聞いても教えてもらえなかった。ただ、神雷の騎士の拷問に公爵は呼吸三回分しか持たず、共犯の御者は、その拷問の様を見ただけで漏らしてしまったそうだ。

ジョナスにそんな酷い拷問ができるわけがない。

誰かと人違いしているのではと訴えたかったが、あとで神雷の騎士に睨まれるのが怖いのでそもそも話しかけないでほしいと避けられてしまい、やきもきした。

すっかり少年に甘くなった監視役やら警護の騎士やらを引き連れ、テッド親子がオルソー領に帰るのを、ジョナスと並んで見送った。

「家族一緒に暮らせるようになってよかったね」

隣に立つ彼を見上げる。浅いものの傷を負った彼は、肩や腕に包帯を巻いていた。戦場でなら包帯をするほどの傷ではないのだが、念のためにと看護師からこれでもかとたっぷりと巻かれてしまったそうだ。そのせいで騎士服が着にくいらしく、腕を通さずに素肌に上着をかけただけで、前のボタンも開けっぱなしだ。

包帯と騎士服の間から、厚く張り出た胸筋が見えるのが僕には眩しく、直視できない。顔を見れば頼もしく、微笑まれると男の色気をこれでもかと感じた。

「ジョナスってすごく男前だよね。見た目も中身も」

しみじみと呟くと、意外な顔をされた。

「レイも、ハビが届けてくれた衣装がよく似合っているぞ。フレドリク様の指示で以前から注文していたものだと聞いたが、さすが趣味がいい」

褒められるのに慣れているせいか、僕の言いたかったことはあっさりと流されてしまった。

「……僕はジョナスも素敵だと思うよ」

「律儀に褒め返さなくともいい。俺の姿絵は一番多く売れているが、見た目なんてレイは興味ないだろう？」

むきになって再度褒めたが、称賛に慣れた男には日常らしい。かえってお世辞だと受け取られてしまった。まったく気にしてもらえず、内心不貞腐れてしまう。これでは、ジョナスの周囲を取り巻く人たちの言葉とあまり変わらない。

「それより、我らの騎士団は怪我人が多い。ここで解散し、動ける者は今日から療養なり家に戻すなりと決まった。俺も明日、王都へ戻ろうと思う。レイ、同じ馬車で王都へ帰らないか？　フレドリク様なら、ハビが来ているから大丈夫だ」

「うん……フレドリク様に伺ってから決めるよ」

即答しなかった僕に、ジョナスは少し残念そうだったが、一緒に聞きに行こうと肩をすくめる。

このまま彼の見舞いに部屋を訪れようと踵《きびす》を返すと、若い女性が寄ってくる。顔をすっかり出した僕を見て一瞬驚いたものの、すぐにめあてのジョナスへ、憧れとときめきに満ちた瞳を向ける。

「ジョナス様、包帯がほどけてらっしゃいます」

ほんの少しだけ浮いた包帯の端を丁寧に留めると、彼女は頬を染めて神雷の騎士を見上げた。

「わたくし、ジョナス様のお世話ができて光栄です。一昨年《おととし》の剣技大会のご活躍のときから、毎年姿絵を買ってます！　絵の売り上げの一部を教会に寄付なさっているのも尊敬しております！」

一気に想いを告げると、きゃあと声をあげながら走り去っていく。呆気に取られていると、三人組の若い男性が来て「握手していただけませんか」とジョナスに迫る。

また少し歩けば、「肩に埃《ほこり》がついています」とか「こんにちは騎士様」など、とにかく男女問わず頻繁に声がかかる。そのたびに、彼は生真面目に返事をする。

彼に憧れる人たちに囲まれたり、声をかけられたりしているジョナスを見るのは、初めてではない。王都でもこんな場面はよくあった。毎回、いないものとして扱われるのも日常だ。

素顔になった僕よりジョナスが目立っているのはさすがだ、と誇らしく感じるのに、どこか面白くない。

「彼ら、ジョナスが結婚したのを知らないのかな？」

「知っているはずだ。隊のみんなも知っていたし、彼らからも入籍を祝う言葉をかけられた」

「じゃあなんで、僕が隣にいるのに声をかけるの？　ジョナスの召し使いか何かに見えているってこと？　妬《ねた》まれて腐った卵を投げつけられた方がマシだよ」

思わず険のある声が出た。不思議そうに、緑の瞳が僕を見る。

「いずれ騎士団長に出世できるよう、貴族の籍に入るための愛のない結婚だと思っているからだろう。仲間から、愛し合っての結婚じゃないだろうと聞かれて、俺も否定しなかった」

「なんで？」

「俺はレイを好きだが、レイは違うだろう?」

さらりと指摘され、一瞬言葉に詰まった。同じではないかもしれないが、でも違う。矛盾した言葉が頭に浮かんだ。

「なんで決めつけるの? 変わってるかもしれないのに」

「違うのか?」

意外な顔をされ、それもまた腹が立った。

「好きとか好きじゃないとか以前に、ジョナスはオルソー男爵のお嫁さんなんだから……オルソー男爵以外に愛想よくしちゃダメだ……と思う」

自分のものだと主張するのが恥ずかしくて、少しだけ遠回しになってしまう。

彼の歩みが止まる。陽の光が若葉色の瞳に射し込み、ちりちりと光って見えた。

僕たちを救うために受けた傷も、僕と結婚するために騎士として名を上げるべく鍛えた身体も、どれも僕のものだ。

妻に誰も触るなとわめきたい、棘《とげ》だらけの感情を持て余してしまう。

「身勝手だと思ってるでしょ? どうせ僕なんか、かろうじて爵位があるものの顔だけ目立つ貧乏——」

「いや、嬉しい」

「……嬉しいの? こんなにわけのわからない理不尽を求められているのに?」

満面の笑みで頷かれる。そうこうしているうちに部屋の前まで来てしまい、苛立っていた理由がよくわからなくなってしまった。

部屋に入ると、寝台に身を起こしたフレドリク様が、軍医から診療を受けていた。左腕には包帯が巻かれている。

軍医の表情が硬い。公に発表されるのはもう少し先だが、精霊の子であるのを隠さなくなったせいだろう。おかげで先ほどのジョナスのように色目を使う人たちが寄りつかず、静かに過ごせている。

腕に負った怪我の治りは順調だ。失血による貧血症状も、ここ数日の療養でほぼ復調していた。軍医が退室してから、声をかける。

「ご機嫌いかがですか?」

「とてもいいよ。夕食もレナルトが食べさせてくれるかい? 君のスプーンで食べると食欲が湧くんだ」

寝台に身を起こした彼の顔色はよく、表情もにこやかだ。

「今日の昼食に続いて、夜もですか? 僕の給仕が気に入ってくださって何よりです」

「そんなにお元気なら、ご自分でスプーンを持つ練習をなさってもよいのでは?」

また二人が皮肉合戦を始めてしまうのではと、ハラハラする。幸い、フレドリク様には聞こえていなかったのか、自身の話題を続けた。

「レナルト、明日、同じ馬車で王都へ戻らないか？　ハビが私たちの衣服と一緒に新しい馬車を持ってきてくれたんだ。オルソー家のみなさんにはあとでご挨拶することにして、王都でともに静養しよう」

これまで使っていたものに紋章を入れ直して僕に贈った際、特別な仕様の馬車を注文していたのだそうだ。

「ちょうどジョナスとも、明日帰ろうと話していたところだったんです」

ちょうどいいと言いつつも、これは不穏な流れになるのではと心配する。案の定、「ジョナスとも」のところで怪訝な顔になる。

「騎士殿とも、だと？　レナルトは私と帰りたくないのか？」

あぁ、やはりへそを曲げてしまった。

わざと一歩前に進んだジョナスが、申し訳ないが先に打診してしまったと話す。どっちが先でもかまわないと思うのだが、フレドリク様の眉間の皺が深まった。それにジョナスの言い方は少しいじわるだ。まるで僕が彼と二人で帰ることを了承済みだと聞こえる。

口元をへの字に引き結んだフレドリク様を見ていられず、僕は寝台のそばへ身を寄せ、その手を取る。

ジョナスから咎めるような視線を感じたが、フレドリク様に冷たいジョナスは好きじゃない。ぷいと顔を背ける。

「レイ、フレドリク様はお怪我で血を失って体調が悪いんだ。負担をかけてはいけないのではないか？　お食事のスプーンを持つのでさえ、介助してもらうほどだからな」

「騎士殿、ご心配には及ばない。食事は一人でできる。可愛い夫が甘えてきたのを、受け止める体力だってあるぞ」

頭の中で、拳闘で使用される鐘がカーンと鳴り響く。また険悪になってしまった。

「それはそれは、ご回復が目覚ましく喜ばしいことです」

乾いた笑みを互いに浮かべる妻たちへ、夫として提案する。

「僕はお二人とともに帰りたいです。その新しい馬車に彼も同乗させていただけませんか？」

「レイ、もちろん三人でも乗れるさ。だが、平民出身の俺がフレドリク様と長時間同乗してよいとは思えない。平民の俺は馬で帰るよ」

大げさに平民を強調するジョナスに、そんなわけがないと言いたかったが、精霊の子だと隠さなくなったいま、彼の扱いは難しいところだ。だと考えると、彼の言い分もまったくの嫌みでもない。

「フレッド様、だめですか？」

寝台の上の手を握り、最後に「フレッド？」と様をつけずに名を呼んだ。

「……もちろんいいとも。私の心は広い。二人で乗っても、君はジョナスを気にして落ち着かないだろうし、どうせ騎士殿は馬でついてくる気だろうからな」

承諾の言葉を聞き、ほっと胸を撫で下ろす。

「ご配慮、感謝申し上げます」

「せっかく三人で帰るんだ。楽しい旅にしよう。それと、あれだ……」

珍しく言い淀《よど》むフレドリク様に、ジョナスと首を傾げる。

「……あのとき我らを助けに来てくれた、近衛騎士団と陛下には礼を伝えてある。騎士殿の隊にも、君以外には礼を言った。あとは君だけなんだ。だからジョナス殿、君にも……感謝している」

不貞腐れた顔ながら名を呼び、礼を言う。ジョナスも感じ入る部分があったようで、

「当然のことをしたまでです」と言って、頭を下げていた。

「では、明日は三人で一緒に王都へ帰りましょう！」

二人がぎすぎすしてしまうのは、僕がはっきりしていないせいだ。フレドリク様がジョナスへ感謝の言葉を伝えたように、歩み寄れる余地はある。

王都へ帰る旅は、三人で話し合ういい機会になるはずだ。

翌日、王都に戻るため、三人で馬車へ乗り込んだ。フレドリク様が左腕に負った傷を考え、揺れないよう抑えた速さで馬を走らせてもらう。旅程は余裕を持って三日の予定だ。

ハビが持ってきてくれたフレドリク様特注の馬車は、三頭立ての大ぶりなものだった。最大六人まで乗れる。紋章を入れず、窓は敢えて小ぶりにするなど、フレドリク様なりのこだわりを込めたらしい。

座席には濃い紫のビロード、天井には薄紅色の布が張られた、華やかな内装だ。

「フレッド様、馬車の振動は傷に響きませんか？　こちらの椅子は座面が深いので横になって休めそうですね。身体がお辛くなったらおっしゃってください」

向かいにも座席はある。体調がすぐれなければ、どちらかに横になってもらってもよいだろう。

「腕の傷以外はほぼ復調したが、途中で横にならせてもらうかもしれない。ゆっくり走るよう御者役のハビによくよく言い聞かせてあるから、揺れも問題ないよ。他の馬車より長い旅になるが、私に飽きずに仲良くしてくれると嬉しい」

背中をクッションに預けたフレドリク様はにこやかだ。今日のお召しものは淡いラベンダー色のコートと同色のトラウザーズで、明るい色味がフレドリク様によく似合っている。

僕もハビが届けてくれた衣装の中から、薄いミントグリーンのものを選ばせてもらった。

ちなみにハビは自ら御者役を名乗り出てくれた。フレドリク様のお世話に彼は欠かせない。

三人並んで座れるのが嬉しい。左側にフレドリク様、真ん中に僕、右側がジョナスだ。

「レイ、フレドリク様を愛称で呼ぶことにしたんだな」

落ち着いた声音だが、僕には寂しげに聞こえてしまう。二人がいるこの場で、気持ちをきちんと伝えたい。

「うん。ジョナスも大事だけど、フレッド様も大事だから。もちろんジョナスは僕のお嫁さんだもん。ちゃんと、す、好きだからね」

思い切って伝えた。本当に大切に思うものほど、口にするには勇気がいるのだと、いまさらながら知る。

緑の目が瞠られる。しかし、すぐに拗ねたように顔を逸らされた。

「フレドリク様と、その……天幕に泊まったと聞いた」

「うん、泊まった」

悲しむとわかっていたが、嘘はつけない。

「俺は結局、カフの男に負けたのか？」

悲しげな目に、はっきりと首を振った。

「勝ち負けなんてないよ。僕は二人とも好きだもの。ジョナスがそばにいない人生なんて考えられない。わがままだけど、二人にはこれからも僕の妻でいてほしい」

「俺とも夫婦だぞ？　意味をわかっているのか？　俺の好きは本当に重いんだ」

「僕より重いのがジョナスでしょ？　ザジェールにつかまっている間、ジョナスならきっと助けに来てくれるって信じてた。これからも一緒にいてくれるって信じてる。よそに行ったら嫌だよ。こんな勝手を言えるのは、僕にとってジョナスだけなんだ」

軽く腰を上げ、ジョナスの唇にキスをする。それから反対側に身体を捻り、フレドリク様にもキスをした。どちらも好きなのだと、行動で示す。

「ジョナス殿、我らの夫が本当に理解しているのか、よくよく確かめておくべきだと思うが、いかがかな？」

怪我をしていない右腕で抱き寄せられる。肩から手を回し、クラヴァットの下に潜り込ませたかと思うと、いつの間にシャツのボタンを外したのか、胸に手が差し込まれる。不思議なほど一発で乳首を探り当てられ、慌てて身を反らせて逃げた。

「お戯れはおやめください」

「本気ならいいのかい？」

こちらを見る藤色の瞳は真剣だ。

「そういう問題ではありません。こんなところでは――」

「私は嫉妬しているのだよ。君は彼とばかり話して、しかもいい雰囲気だ。もう一人の妻にも気を配ってもらいたい」

入籍した日、馬車の中で同じくジョナスと僕が話したら、へそを曲げられたのを思い出す。なんて可愛らしい人だろう。

「お気を害してしまったのなら申し訳ありません。ですが、フレッド様は長年想い続けた初恋の方だと申し上げたではありませんか」

僕の特別な気持ちをわかっているくせにと不満げに睨めば、フレドリク様は麗しい顔で僕へ迫る。

「では深いキスをしておくれ。私の狭い狭い天幕の中で交わした熱い夜を思い出させてほしい」

「だから、こんなところでは……」

ジョナスに嫌な思いをさせてしまう。おそるおそる隣を見れば、彼の瞳には憤りとは違う、別の荒々しい色が浮かんでいる。

「俺もレイの妻として、是非知りたい。どんなふうに口づけをして、どう抱かれたんだ?」

「本気で言ってるの？　夫が他の妻と交わっているのなんて、見たくないのが普通でしょう?」

いまさらだとジョナスは鼻で笑う。

「むしろ俺は愛する夫のすべてを知りたい。俺にお前を愛する権利を与えてくれるなら、俺のために見せてくれるか？　フレドリク様とどう交わったのか」

戦いで荒れた手に、クラヴァットを外される。

「……うそ、本当に見たいの？」

「あぁ。お前が俺を好きだというなら、その証《あかし》にこの願いを叶えてくれ。見たい」

最後のひと言は、耳元で囁かれた。吹き込まれた吐息に肌がざわめく。彼のために――そう思ったら、自分の中でかちりと何かが変わった。身体が動く。

ジョナスの視線を感じながら、フレドリク様へ自分からキスをした。ジョナスからその位置では見えないと指摘され、フレドリク様に中央の席に移ってもらい、膝に跨って口づける。

キスの先をためらっていると、「それから？」と低い声で先を促された。フレドリク様からは「下だけを脱いでしたね」と言われ、自分自身で脱ぐよう誘導される。こくりと唾を呑み込み、頷いた。

田舎道をがたがたと走る馬車の中で、二人の男に見つめられながら、向かいの席でトラウザーズを脱ぐ。窓の外はのどかな農村の風景が流れている。

長靴下と靴下ベルトはそのまま残す。靴を脱ぎ、下着に手をかけたところで、別の車輪の音が聞こえた。

慌てて背中のクッションで股間を隠し、青い顔をして俯く。

ちょうどすれ違うタイミングで、ジョナスがカーテンと一緒に窓を閉めてくれる。フレドリク様も同じくカーテンを閉めた。室内は薄暗くなったが、まだ昼前だ。晴天の健康的な陽射しが隙間から入り、僕の素肌を照らす。

「レイ、続きを」

クッションを取り上げられ、僕は緊張で唇を何度も舐めながら下着を脱ぎ落とした。羞恥で頬が、かっかと熱い。

「俺たちに見られただけで、もう勃っているのか?」

ジョナスに指摘され、居たたまれない。

「ごめんなさい」

「謝らなくていい。レナルト、とても可愛いよ」

「レイ、俺も怒っているわけじゃない。むしろ……とにかく、続きを見せてくれ」

上擦った声に急かされる。揺れる車内で、再びフレドリク様のひざに向かい合って跨る。

股間に手を伸ばすが、そこでまごついた。

「ジョナス殿、彼の尻を解してやってくれないか」

何も言わず、ジョナスはフレドリク様の足元にひざをつく。

察したフレドリク様が、身体を斜めにして、彼の正面に僕の尻を向けさせた。

無骨な手に尻たぶを摑まれ、左右にぐっと引いたかと思うと、むしゃぶりつかれる。ヒッと声が出た。

窄まりの上を、彼の舌がせわしなく往復する。異様なほどの勢いで、まさしくべろべろと舐められた。

「あ、や……ンっ」

押される形になり、背もたれへ手を突いた。胸に吐息が触れ、ちゅっと吸いつかれる。怪我をしていない右手でもう片方の乳首を転がされると、声が漏れそうになり、口を押さえた。

「はッ、ン……」

「私の狭い天幕の中でも、声を堪えていたね」

指摘され、あの夜の熱が思い返される。その途端、ジョナスの指が窄まりへ入り込んだ。嫉妬したのか、指はすぐに二本に増やされる。

「ンンっ！」

何かを思い出したフレドリク様は胸元を探り、小瓶を取り出す。もう一人の妻がそれを受け取った。

「オイルを持ってきたのを忘れていた。これを使ってくれ」

興奮しすぎて忘れていたよと僕を見上げて、雄臭い笑みを浮かべる。

「靴下を脱がせていいか？」

「君の好みなら」

僕ではなく、フレドリク様が許可を出す。

ジョナスが太ももに回った靴下ベルトを外し、長靴下を片方ずつ脱がせた。

オイルを使って尻を丁寧に解しながら、ジョナスは片脚に手を添え、軽く上げさせる。

太ももに残った靴下ベルトの痕《あと》に舌を伸ばす。赤らんだそこに残る凹凸を確かめるように舌先で舐め、次に舌の根で味わうようにべろりと舐めた。

非常識な状況に煽られ、頭がくらくらする。フレドリク様に抱きついて、尻を突き出す。

もう片脚のベルト痕も舐めたがられ、いささか異様な彼の執着に戸惑いつつ、ジョナスへ太ももを差し出した。性感帯ではないはずの太ももを舐る舌の動きが卑猥で、僕の尻穴の中でずくずくと動く指を食い締めてしまう。

「もう、くださいませ」

フレドリク様のトラウザーズのボタンを外す。下着の中で張り詰めたものを取り出し、握った。

「フレッド様、これを、よろしいですか？」

「おいで。ただし、こちらに背中を向けて。ジョナス殿に見せるんだろう？」

言われるがまま向きを変える。

すぐ目の前に座る彼のぎらぎらとした瞳を見つめながら、自分で位置を合わせ、ゆっくりと腰を下ろしていく。開いたままの僕の口を、腰を上げたジョナスの唇が塞いだ。彼の首に腕を回し、舌をすすり合いながら、もう一人の配偶者の陰茎を尻へ自ら埋めていく。内側を広げられていく苦しさの中から、快感が芽吹き始める。

「ンッ、ん、ふ」

下から突き上げられるたびに、悦《よろこ》びの芽がぐんと伸びる。

「こんなに揺れたらバレちゃう」

追い越していく荷馬車の音に、身をすくめる。

「お前は気にしなくていい。俺たち夫婦の仲がいいだけだ」

妻となった幼馴染みは微笑む。幼馴染みに胸先をぬろぬろと舐められながら、股間を揉みしだかれる。二人同時に責められ、声を堪えるのが難しい。口に手を当て、震える息をそろそろと吐き出した。

「この馬車は窓を小さくしつらえたんだ。しっかりカーテンを閉めれば中は見えない。半裸の夫の尻に雄を埋《うず》めて何が悪いというんだ」

飄々とフレドリク様も同意する。だめに決まっているはずなのに、ほらと揺すられ、回すように動きを変えられると、もっと先も味わいたくなる。

「ふぁ……だめ、なのにぃ……」

体内を穿つ熱をより深くで感じようと、勝手に尻が揺らめいてしまう。一番いい場所を見つけると、胸を吸う男の金髪をかき乱し、背を反らせて尻を振る。

「レナルト、君は妻に上手に甘えられるようにならなくては。いいならいいと甘えるのだよ。君の妻たちは、君に甘えられるのが大好きだからね。ほら、イイかい？」

「はい……イイ、です」

「よし、ではもっとあげよう」

「はぁっ……そこ、すご……」

突き上げられながらうっとりと呟く夫を、ジョナスが熱と湿気を帯びたまなざしで凝視する。彼の前はすっかり張り詰めていた。

フレドリク様に貫かれながら、ジョナスの名を呼んだ。

「あン……ジョナス……」

「レイ、俺もいいか？」

トラウザーズを下ろした彼に手を取られ、直接握らせられる。指が回らないほどの太さに、前回抱かれた際の壮絶な快感がよみがえる。

頷いた。僕は二人のものなのだから、当然じゃないかとすら思う。

「レナルト、ジョナス殿のものを口でしてみようか？」

二人の手が、僕をころりと座席へ横向きに寝かせる。フレドリク様は上になった右脚を上げさせ、左腕をかばいつつ、松葉崩しの要領で再度穿つ。それまでとまた違った場所を突かれ、そこから快感がぱちぱち弾けるように広がった。身体中にぎゅっと力を込め、放ってしまいそうになるのを堪える。

「ンッ、ふあッ、あッ……！」

「まだイってはいけないよ。ほら、君の目の前にあるものをしゃぶって見せておくれ。私に見えるようにね。君が男の股間に顔を埋めているところが見たいんだ」

腰を振りつつ、ジョナスへ合図を送る。座面に載った頭の前に、彼が片ひざをついて迫り、張った股間を唇に押しつける。汗だけではない、ムッとした男の匂いが漂った。

間近で見る凶悪さにたじろぐと、ふっとジョナスに笑われる。負けん気が起き、馬車の振動とともに揺らめく雄を摑んで引き寄せる。脇から舌を這《は》わせた。頰に硬い草叢《くさむら》が触れる。僕でなくとも、すべてを口に含める者などいないだろう。

時折ぴくりと雄がヒクつく。そのたびに硬さが増していく。夫の舌より妻の雄が熱い。ちゅっと先を吸うと塩気のある味を感じた。熱さへの驚きと、初めて感じる味に熱中していく。

顔がよく見えるように、騎士の無骨な手がストロベリーブロンドの髪を丁寧にかき上げた。

大きく口を開け、思い切って先だけ咥える。身を乗り出して見ていたフレドリク様は、腰を振りながら褒めてくれる。上擦った声音は、快感を堪える響きがあった。

「いいね。とても上手だ。君の頰が亀頭の形に膨らんでいるよ。ご褒美に胸をいじってあげよう」

ちゅぷんと音を立てて唇を一度離す。左腕を痛めているフレドリク様が片手で触れられるよう、自分でコートとシャツを片側だけ肩から落とした。露わにした胸を突き出す。

「いい子だ」

唾液をとろりと纏わせた指で摘まれる。腹の奥と胸の間をびりびりとした衝撃が走った。指の腹ですり合わせるように乳首を転がされると、僕の雄もピクピクと反応し、丸い頭が上下に振れる。先走りが垂れ、車内の床に雫を落とす。

「だめぇ……それ以上したら、気をやっちゃ、う」

放ちたい衝動を堪えるのが苦しい。目じりに涙を浮かべ訴える。

「悦んでくれて妻として尽くす甲斐《かい》があるよ」

そっと指の腹で丸く撫でられる。先ほどより刺激は強くないが、やはり気持ちよくて、唇を噛んで堪えた。

見上げると、ジョナスはぐんと大きくしたものを擦りながら、夫の乳首が嬲られるのを見入っている。こちらの視線に気がつかない彼へ、僕と手を繋いでと声をかけた。新緑を思わせる瞳を見上げながら、右手をぎゅっと握ると、すぐに上回る強さで握り返された。

「ジョナスが見たかったもの、見られた？　僕がジョナスを好きだから全部見せられるんだよ？　僕の証、喜んでくれる？」

「あぁ、想像以上だ」

　妻となった幼馴染みは艶めいた笑みを浮かべる。

「もう一度、口にちょうだい」

　目を閉じ、フレドリク様の視線を感じながら、あーんと大きく口を開けた。丸く開いた唇の中へ、膨れ切った亀頭がゆっくりと入っていく。口中に侵入してきた熱い肉塊の先を舐めると、ぴんと張り詰める。

　馬車の外から誰かの声が聞こえた。朗らかに笑い合う声が近づき、離れていく。木こりが斧《おの》を振るう音も聞こえた。日常を過ごす彼らの脇を、馬車は通り過ぎていく。

「レイ……あぁ、レイ、すごいな」

　頭にジョナスの大きな手が添えられ、撫で回される。次第に髪が乱されていく。彼の腰が揺れ始め、舌の根に亀頭が擦りつけられる。

　少しだけ苦しくて眉をひそめると、尻を穿つ動きが激しさを増した。僕を呼ぶ声が、だんだん切羽詰まっていく。

　ぐらぐらと馬車が揺れる。悪路のせいか、僕たち夫婦のせいなのかわからない。この馬車を見た人たちは気づくだろうか。

「ンふ、ふッ……！」

　右手で尻たぶをぎゅっと摑まれる。パンと肌を打つ音が車内に響いた。ことさら鋭く突かれる。僕は甲高い喘ぎとともに身体を震わせ、精を床へ零してしまった。少し遅れて中に温いものが広がるのを感じた。

御者を務めるハビはフレドリク様にどう言い含められたのか、あからさまな声をあげても馬車は走り続ける。

「次は俺だ」

休む間もなく、向かいの中央に座ったジョナスに手を引かれ、彼に背を向けてひざの上に座らされる。いきり立った竿の先をあてがい、呑み込ませようとしてくるが、あまりの大きさに腰を浮かせて逃げてしまった。

「ジョナス殿、彼の尻たぶをもっと広げてやれるかい？　こちらからも彼が君を喰らうところを見たいな」

コートがあるとわかりづらいと忠告され、シャツともども脱がされる。

全裸となった僕の脚を荒れた彼の手が持ち上げる。背もたれに手をつき、ジョナスの首にも手を回して、傾いで不安定になった身体を支えた。

露わになった尻の狭間から、じわりと一人目の妻の精が滲んだ。それを亀頭に塗り込めつつ、ゆっくりと沈ませる。硬く漲った肉茎は、僕の肉を広げながら進み、引いてはまた進んだ。

「レイは熱くてキツいな。あぁ、俺のがお前の中に出たり入ったりしているぞ。最高だ」

「おねがい、ゆっくり、ゆっくりだからね」

一糸まとわぬ姿で、ふるふると尻を震わせながら腰を下ろした。息を止め、屹立《きつりつ》する妻の雄を半ばまで食んだところで、まだ先があることに恐れをなす。

「やっぱりちょっと待って」

ためらった瞬間、馬車ががくんと揺れた。その反動で根元まで一気に入り込む。自重でみちみちと奥が新たに開かれた。背後のジョナスがくっと呻く。

「――ッ、いッッッ」

息を止め、苦痛とも快感ともつかないものを堪える。

ジョナスから両ひざの裏を持たれ、脚を掲げさせられた。そのまま腰を跳ね上げては、ずぷんと落とすのを繰り返す。車輪が回る騒々しい音の合間に、卑猥な音が車内に響く。

「う、ふッ、だめっ、だから。勝手にお尻に入れないで。ふかいよぉ」

半泣きで首を振った。びりびりするくらい気持ちいいけれど、何度もしてはいけない気がする。

「すまない、痛かったか?」

「ちがう、でもダメなのっ」

半泣きで首を振った。意識が飛んでしまいそうな衝撃が怖い。

「レイの中はヒクヒク悦んでいるぞ。俺をぎゅうぎゅう締めつけて――クソッ、たまらないな」

腰を振りたくりたい衝動を堪える声が、色っぽい。

「僕のお尻、まだ敏感だから、ちょっと待って」

脚を下ろし、ふうふうと息を吐いた。

「こっちはどうだ？」

二の腕を摑まれ、身体を固定された状態で小刻みに突き上げられる。フレドリク様とは違う場所を押され、擦られる。

「すご、なんで、あ……ッッ」

泣きたくなるほど気持ちがいい。顔を歪ませると、唇を舐めるフレドリク様がこちらを見ている。

「いっぱいしてやるからな、レイ」

なんでこんな動きができるのかと不思議になるほど、小さく、だが強く揺らされる。よすぎて姿勢を保てない。くたりと繫がったまま前に倒れると、それはそれでいい場所を突かれる。

「アァッ！　じょっ、じょな、イイいぃッ」

切れ切れの息の合間、訴える。

「さすがに外に聞こえそうだよ。レナルトは声を我慢できないみたいだから、私のもので口を塞ごうか」

フレドリク様はジョナスの正面に腰を下ろし、脚を開いた。彼の太ももに手をつき、再び兆し始めているそこを、首を伸ばして口に含む。二人の手に身体を撫で回されながら、先端から滲んだものをすすって呑んだ。

フレドリク様の手がもの言いたげに後頭部へ回り、首筋を撫でる。もっと奥を望んでいるのだとわかり、自分でより深い喉奥へ肉茎を押し入れる。鋭敏になった身体は苦しささえ、官能の一つとして受け入れる。陶然と目を閉じた。

快感にひたる僕の腰をジョナスが持ち上げ、揺さぶり、腰を打ちつける。湿った肌を打つ音が一定のリズムで繰り返された。

車体が揺れるほどの勢いだが、やはり馬車は止まらない。

口に妻の雄を含んだまま達した。

尻に食んだジョナスをぎゅっと食い締めると、ジョナスもまた僕の中へ精を放った。

「レナルト、まだだよ」

妻たち二人分の精を零す窄まりを、「好きだよ」と囁かれながら深く浅く突かれる。

それが終われば奪われるようにして体位を変えられ、「愛しているんだ」と哀願に似た響きとともに再度貫かれる。同時に、ぐじゅぐじゅに濡れた股間を陰嚢ごと揉みくちゃにされた。閉じられた車内に、男たちの精と汗の匂いが満ちていく。

窓が再び開かれるまで、馬車は止まらず進み続けた。

深い眠りからふっと意識が浮上する。疲労した身体は指一本動かせない。

「ハビに耳栓を渡しておいて正解だったね」

妻になった初恋の彼は、使用人に当たることも、自分の不機嫌さを誰かにぶつけることもない、できた方だ。声音はいつもよりさらに機嫌がよい。

「フレドリク様の提案を聞いたときは驚きましたが、嫌がっていませんし、本当に心から俺たちを受け入れてくれたようで感激です」

耳に馴染んだ声は、常に僕のそばにいてくれる味方であり、僕だけの特別な男でもある。

「私も彼を長年観察しているからね。とてもまっすぐな青年なのはよく知っている。差し出された愛を誠実に受け止めてくれる子だよ。彼は複数婚に向いている」

「これ以上、妻を増やすつもりはありませんよ？」

「珍しく意見が合ったな」

彼らは低く笑う。妻たちは思っていたより、仲がいいようだ。

安心した僕は、再び深い眠りに落ちていった。

◆◆◆

ザジェール国王は勢力を後退させ、ビグランド共和国はいくつかの経緯を経たのち、バングヴァール王国の領土となった。

精霊の子の存在はフレドリク様の名とともに公にされた。紫銀の貴公子の隠されていた正体に人々はどよめいたが、話題に飽きてしまえば興味は薄れていく。

警護のために選ばれた選任騎士の一人に神雷の騎士があったことで、注目は彼らの複数婚に流れていった。

王都の住民たちの近年の興味は、変貌した男爵とその二人の妻に向けられている。

「今日のオルソー男爵を見たかい？」

商人の一人が仲間に話しかける。最近は、この文句から会話を始めることが多い。

「王都の商会所の集まりに二人の妻を同伴して出席なさったそうじゃないか」

夫婦ながら恋愛中なのだと公言する彼らは、視線を交わしただけでも甘い雰囲気を漂わせる。

「すれ違うだけで恋に落ちる美貌って話は本当だね。ありゃあ、腕のいい絵師の姿絵でも再現できないいんじゃないか？」

商人仲間の一人が、新しく仕入れた噂を披露する。

「聞いたか？　あのオルソー男爵は、前の地味な容貌だった男爵とは別人だとか。あんまり極上の妻を持ったもんで、嫉妬されて別の人間に入れ替えられたって話だ」

「堅実な取引を好むところは変わっていないと思うけどなぁ」

商人らしい指摘をすると、仲間たちはそれもそうだと頷き合う。

別の一人が似た噂を聞いたと話し出す。どんな眉唾ものでも、噂は人々の娯楽の一つだ。

「シェセール公爵も入れ替わった噂があるのを知っているか？　ザジェールとの戦い以降、公爵は表に姿を現していない。国を裏切った貴族ってのは公爵で、本人は密かに処分されたって話だ」

「確かに、いい噂を聞かなかったお方が、いまは寄付にも商売にも意欲的だとか」

盛り上がった彼らは、大通りにリンゴ酒が売りの酒場ができるとか、いや金持ち向けのレストランだなどと、話に花を咲かせる。

「最近人気のリンゴ酒は、オルソー領で作られたものが多いね」

「ウチの商会でも取り扱っているが、とびきり上等な味だ。貴族の方々にも好評で、王宮にも献上しているそうだよ。リンゴ酒を称賛されるたびに、オルソー男爵は醸造家や生産農家のおかげだって謙虚でいらっしゃる。お心までお綺麗な方だ。そりゃあ極上の妻が二人も嫁入りするはずだ」

どっと笑い声があがる。

その後も、とある貴族が男爵の美しい顔に見惚《みと》れて一桁《けた》多く代金を支払った話や、それは建前で男爵へ横恋慕したのがバレて慰謝料か罰金か名目はわからないが、金を支払わされたのをそう言っているだけだなど、とかく話題に事欠かない。

それらの話題は、しばらく王都の人々を楽しませた。

毛皮と夫

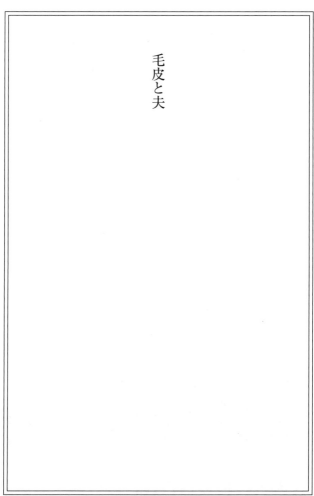

「昨晩の、オルソー家との食事会は楽しかった。リンゴ酒もいい出来だったね。あれなら王都にいる私の母へ贈っても喜ぶだろう。山の多い領地の風景も気に入った。来年の夏もまた避暑に訪れたいな」

ザジェールとビグランドとの戦いから数か月が過ぎ、我々は避暑を兼ねて、オルソー領を訪れていた。温かく迎えてくれてた男爵一家は、とてもつき合いやすい善良な人々だ。

過去に流れた浮名や、最近公にされた『精霊の子』である件についても誰も触れない。国家へ魔力提供した功績により賜った褒章金が、ちょっとした宮殿を建てられる額である噂にも言及しなかった。

代わりに、限られた釜《かま》で効率的にビスケットを焼く方法を試行錯誤した話や、温暖な南部特産のコルクを領内で試しに植樹した話など個性的な話題が多く、楽しい時間を過ごせた。

「フレッド様がそうおっしゃっていたと聞いたら、家族も喜びます……が、いまはそれより別の話を。この場で小石に魔力を注入して、それを元にランプみたいな魔法具は作れないのですか?」

やはり、それを聞くかと観念する。己の非力さが恨めしい。

「残念だができない。私が魔術師としては人並み以下なのを知っているだろう？　特に火力や輝度の調節なんて繊細な術は、壊滅的に苦手なんだ。無理にやったら、この洞窟が目も開けられないほど眩《まぶ》しくなるか、火だるまになりかねない。私の粗相でランタンをうっかり蹴らなければ暗闇だけは免れられたのに、すまなかったね」

彼がため息をつく音が聞こえた。炭で塗りつぶしたような真っ暗闇では、彼の愛らしい表情を見られないのが残念だ。

「一番の責任は、古い坑木の安全性を調べずにフレッド様をお連れした僕にあります。祖父から坑道内での落盤の話を聞いていたのに。梁《はり》と一緒に岩が落ちてくるまで、思い当たらなかったなんて、フレッド様の夫として失格です」

愛《いと》しい夫の声が潤む。泣くなと抱き締めてやりたいが、それらしき方向に手を伸ばしても空を切り、彼へ届かない。

我々はいま、洞窟に閉じ込められている。

この洞窟がある山は、かつてオルソー家が鉄鉱石を採掘していた旧鉱山の中にある。坑道を掘り進める中で発見された洞窟では、綺麗《きれい》な水が湧く泉があった。当時の坑夫たちが喉を潤すのに使っていたそうだ。

飲み水が確保できることから、万が一、ザジェールとビグランドの連合軍が領内へ攻めてきた際は、ここに立てこもる案があったと聞き、できればその泉を見てみたいとレナルトに頼んだのがいけなかった。

「私が急に泉に行きたいと言ったからだ。君が気づいたとしても、点検させる時間はなかったよ」

「いえ、僕も坑道を案内したかったですから。ここをリンゴ酒の熟成場所にしたら、とても味がよくなったんです。是非、フレッド様にも見てもらいたいと思っておりました」

ここへ来る途中で見た、坑道内に並んだ棚は壮観だった。棚にはコルク栓をされたボトルが横向きに置かれていた。私にはリンゴ酒より、誇らしげに説明するレナルトの方がおいしそう見えていたのだが、それは胸に秘めておく。

「君の顔が見えないのが寂しいな。せめて手を握ってくれないか？　君はどこだい？」

「フレッド様こそどちらにいらっしゃいますか？　こっち？」

互いに声を出し合い、躓《つまず》かぬよう少しずつ歩を進めて探り合う。

一瞬柔らかな何かに触れた。

「レナルト、いま私に触れた、毛の生えた物体は君かい？」

もし違ったらと一瞬考え、思わず早口になる。怖い想像をしかけ、慌てて打ち消した。いけない、本当に怖くなってしまった。

「僕ですよ！　じっとしていたら寒くなってしまったので、持ってきていた手袋とマフラーをしたところです」

同じ方向でぱたぱたと手を動かすと、ぽすんと彼の腕に当たる。正体を知れば、毛の生えた何かは毛糸の優しい感触に変わった。近距離の相手に触れただけだが、大変な困難を一緒に乗り越えた充実感がある。

「やっとつかまえた」

馴染《なじ》んだ身体《からだ》を抱き寄せる。マフラーの感触を頬で感じながら、彼の唇を探った。幾分か外しつつも唇を重ねる。唇の熱さに一瞬驚き、少し遅れて自分自身が冷えていたせいだと気がついた。

「身体が冷えてらっしゃいますね。夏でも中は寒いですよと忠告したのに、シャツとベストだけでいいとおっしゃった手前、寒いと言い出せなかったんでしょう？　やっぱり僕が持ってきた毛皮の外套《がいとう》を羽織りませんか？」

坑道に入ってすぐは涼しさが快適だったが、だんだんと身体が冷え、洞窟に着いた時点ではっきり寒さを感じていた。私のための外套を腕にかけていたのは知っていたから、借りようとレナルトをそばに呼んだところで、落盤が起こったのだ。

幸いだったのは、落盤がもう一人の同行者だったサンテとの間で起こった点だ。洞窟へ入る手前で重量感のある鈍い音とともに岩が落ちたとき、リンゴ酒の説明をするべく同行していた縮れ毛の男は岩の向こう側にいた。

大小混じった石で見えなかったが、サンテのしっかりした声が聞こえた。助けを呼んでくると言っていたから、時間はかかるかもしれないが、絶望するほどの状況ではない。

「君の忠告を聞かなかった私に、外套を借してくれるかい？」

降参し、拝借させてもらう。苦笑しつつ彼が羽織らせてくれた毛皮の外套は、たっぷりとしたサイズだ。もちろん温かく、さらに柔らかい。銀狐《ぎんぎつね》の毛皮が使われているそうで、滑らかな感触もよい。

「フレッド様、腰かけられる場所はここにはないのですが、せめて岩壁に寄りかかって待ちましょう」

洞窟内部を記憶していた彼のおかげもあり、やや張り出た岩壁に辿《たど》り着く。地面が湿っていないのを確認し、腰を下ろす。

「君と手を取り合って暗闇を進むなんて、ロマンティックだね」

やや皮肉も込めて苦笑すると、寄り添って座る彼の頭が肩に載せられる。いつもの癖で、艶やかな髪を撫《な》でた。彼の耳のふちをなぞると、かつて私のカフがあった場所には、ピアスが嵌められている。

両耳につけられたピアスは、ジョナスから贈られたものだ。台座に乗った新緑を思わせる石は、よく探したものだと感心するほど送り主の瞳の色と極めて近い。そんな彼は、いまごろ大慌てでこちらへ駆けているところだろうか。密《ひそ》かにニヤリとしてしまう。

「何も見えないとはいえ、二人で抱き合ってちまちま進むなんて、格好悪いですけどね」

「滑稽なくらいが、あとで笑い話にできていいさ」

ここから出られる前提で話した。レナルトが一緒ではあるが、何日も光のない状態が続いたら、私も彼もいつまで平常心を保てるだろうか。胸の奥がじわりと冷え、不安が覗《のぞ》く。

ランタンの光で、洞窟を塞いだ岩を照らした光景を思い出す。

我々が通れるほどの穴を作るのにどれほどかかるのか、私には想像がつかない。考えすぎだろうが、何か不運が続いて、何日もこのままだったら？　餓死してしまう可能性がないとは言えないのではないか？

洞窟の奥は行き止まりで、ここには風すら吹かない。

ここが化けものの口の中で、通路を塞いだ岩は、私たちをすりつぶして喰《く》らおうとする歯みたいだ。

嫌な想像をしてしまった私に、レナルトの軽やかな声が向けられる。

「当時の坑夫はこうした落盤と戦いながら、坑木を立てていったんでしょうね。とても危険で大変な仕事だ。そんな方たちが残してくれた坑道のおかげで、オルソー領のリンゴ酒は質を上げられたんです。僕、ご先祖様や、領民のみなさんのご先祖様たちにも感謝をして、もっともっとがんばろうと思います！」

発する言葉の一つ一つが、不安を煽る嫌な想像をかき消していく。光は見えないのに、声色を眩しいとすら感じる。

「君は本当に……私の夫は世界で一番素敵だ」

「それは褒めすぎですって」

話す彼の頬に手を添えれば、振動が指先に伝わってくる。伸びやかな彼の気配に、胸の奥が温かくなる。

「この暗闇も、君を独り占めできるなら、悪くないと思えてきたぞ」

きっと外ではジョナスが先頭に立って指示を出しているだろう。実家に顔を出すと言っていた彼を置いてきてよかった。何かトラブルがあっても、彼なら必ずなんとかしてくれる。

「フレドリク様の身に何かあれば、我がオルソー家の責任です。あの岩の向こうでは、オルソー領のみんなが全力で助けに来てくれていますよ。それまで僕らは、かくれんぼでもしている気分で待ちましょう」

「君はかくれんぼで真っ暗な場所に隠れたのか？　普通、木の陰とかじゃないかい？」

そう言うと、甘いなぁと笑いを含んだ声が返ってくる。

「扉のついた戸棚の一番下や、物置にある衣装箱の中なんかに、隠れませんでした？　乳《う》母《ば》の方と、一緒に遊ばれたのでは？」

「私は坊ちゃん育ちなものでね。危ない遊びはしなかった」

魔力を生み出せる精霊の子だと知っていた母は、私を一人きりにさせないよう、いつも気を遣っていたと思う。不寝番の乳母もいたぐらいだ。

「かくれんぼを危険な遊びとおっしゃる方に初めて会いました」

声音からも驚いているのが伝わってくる。感情豊かな声だ。自然と笑みが浮かんだ。

「せっかく二人きりになったんだ。たまには妻を甘やかしてくれてもいいのだよ？」

思いついた提案を快諾したレナルトは、さっそく私を抱き締めてくれる。ひざ立ちをした彼の胸がちょうど私の顔の辺りにくる。悪くない。

「どうですか？」

「いいね。もっと他にも欲しいな」

催促すると頭を撫でられた。さらに催促を重ねると、思いつかないと音を上げられる。

「フレッド様はどうしてもらいたいですか？」

「やりたいようにしていいのかい？」

声が弾んでしまい、レナルトに、何か悪いこと考えてますねと疑われてしまった。暗闇が怖くて君に抱きついているだけさと説明したが、下心は隠せないらしい。

「ほんとかなぁ。あ、僕のボタン外したでしょ？　トラウザーズの中に手を入れちゃだめですって。もうっ、ふざけないでください！」

「……君の初めてはジョナスに譲ったんだ。私も君の特別が欲しい」

彼のトラウザーズに手を突っ込んだまま、真剣な声で迫る。でも、あの、と呟《つぶや》いてためらう声が愛おしい。

「私じゃダメかい?」

「そうじゃなくて、こんな寒いところでしたら、僕たち風邪《かぜ》引いちゃいますよ?」

はたと気づく。配慮が足りていなかったと反省した。

「さぁ、立ち上がって。これを羽織るといい」

彼の肩に私が借りていた毛皮の外套を羽織らせる。その内側で、ボタンだけ外したシャツ、ベスト、コートの三つをまとめて、すとんと脱がせた。あっという間に上半身が裸になった彼は「手際がよすぎます!」と憤っていたが、本気で嫌なわけではないようで、自分で外套に腕を通している。

「寒くないかい?」

「ちょっとすーすーしますけど……フレッド様がこれで慰められるなら、いいですよ」

ふわりと動く気配がし、彼の体臭がかすかに漂った。外套の合わせを開いてくれたのだ。誘われるまま、彼の胸にしゃぶりつく。音を立てて吸うと、身じろぎつつ、レナルトは外套で私を抱えるように包んでくれる。

胸から背中へと手のひらを滑らせ、彼の素肌を堪能した。

ふっ、ふっ、と彼の吐息が、風のない洞窟の中に響く。トラウザーズを下ろし、彼の香りが濃く漂う草叢《くさむら》へ鼻先を埋《うず》める。

「フレッド様……そこも？」

答える代わりに柔らかい陰茎をすべて口に含んだ。舌であやし、口中で育てていく。育って大きくなれば、頭を前後に揺らし、唇と舌で扱《しご》いた。頭の後ろに外套の裏地がパタパタと当たるのを感じながら、彼のトラウザーズの裾に縫いつけられたひざ下のバンドを緩める。それでも、吐息を震わせる彼は嫌だと言わない。

「足がもつれて転んだら大変だ。一度脱ごう」

侍女のごとく、片脚ずつ上げた彼からトラウザーズをすっかり脱がす。

太ももの靴下ベルトで吊《つ》られた、ひざ上までの長靴下とブーツはそのままだ。

「これほど本気でランプが欲しいと思った日はないよ。裸で毛皮を羽織っている君を見られないなんて」

彼の足元に片ひざをついたまま、ごくりと喉を鳴らす。絹に包まれた足元からつうっと撫で上げる。ひざ上からは素肌に変わり、太ももに巻かれた靴下ベルトを乗り越えれば、青年らしく骨ばった腰、縦長のへそ、毎晩吸われてふっくらとした乳首、そして唇へと到達する。芸術的な造形を手のひらで感じ、最後にそっとキスをした。

「壁に手をついて、後ろを向いて」

腕に触れた彼の髪が揺れる。彼が頷《うなず》いたとわかった。後ろを向いた彼の足元へ両ひざをつき、外套の裾から上体を潜り込ませた。艶やかな尻に頬ずりをする。

「んー、たまらない」

思わず感嘆が零《こぼ》れた。尻たぶをぺろりと舐《な》める。驚きできゅっと引き締まった尻肉の動きに笑みが浮かぶ。狭間《はざま》に舌を伸ばすと、尻を振って逃げられる。

「ダメ、ダメですってば。洗ってないのに」

「ジョナスがかまわず舐めたのは嫌がらなかったじゃないか」

「いつの話をなさっているんですか？」

「国境の戦場から王都へ戻る馬車の中でだよ。君はジョナスに尻を舐めるのを許していた」

「こんなときに嫉妬なさっているんですか？」

「悪いかい？」

「許したら延々となさりそうで嫌です。僕の特別が欲しいなら、早く……」

私を立ち上がらせたレナルトは、手袋をした手で妻の股間を撫でる。

珍しい彼の誘惑にくらりとした。彼の前は、同じように張り詰めている。光があったら、彼の上気した薔薇《ばら》色の頬が見られたに違いない。

彼に再び後ろを向いてもらい、尻を隠した毛皮を脇へ捲《めく》って露《あら》わにさせると、唾液で手早く解《ほぐ》した。昨夜、一度ずつ二人の妻を受け入れたそこは、柔らかい。

軽く扱いて狭間に押し当てる。ぬるつく先端で、窄まりの上を丸くなぞる。

「いくよ」

「来てください」

振り返った彼に舌を絡めてキスをし、そのままぐっと押し入れる。ズクズクと前後に動かしながら、徐々に深度を上げていく。

「ンう、ン……」

半ばまで埋まったところで、一度呼吸を整える。背中の毛皮に額を押し当て、イってしまいたくなるのを大きく息を吸って堪《こら》える。私の大きさが馴染んだところで、腰を摑《つか》んで揺すり上げた。

「あぁぁ……っ」

後ろへ回した彼の手に腕を摑まれた。きゅっと引くのは、もっとの意味だ。

いったんすべて抜くと、悲しげな声が上がる。次の瞬間、最奥めがけて突く。レナルトの声が甘い色へ変わった。草叢を彼の尻に擦りつけるように回せば、さらに切ない呻《うめ》きが漏れる。静寂の中、荒い息と肌を打つ規則的な音が繰り返されていく。

パンと音が立つほど突き入れ、ぐりぐりと押し入れれば、私を絞り上げるように蠢《うごめ》くとともに高みを目指す。ぴんと身体に力を込めた彼の内側が、私も彼を追いかけて達した。

身体を重ねたまま脱力した私たちの耳に、石を打つツルハシの音が聞こえる。

石が割れた音と同時に、橙《だいだい》の灯《あか》りが洞窟内に射《さ》し込んだ。

「どうしましょう！　みんな心配して岩を掘ってくれたのに、肝心の僕たちがふしだらな行為に耽《ふけ》っていたなんて知れたら……！」

「夫婦が愛し合って悪いことなどない。だが上手く誤魔化しておこう」

外套の前をかき合わせ、小声で焦るレナルトへ安心するよう言い聞かせる。

埋まった坑道の上部から、割れた石が押し出される。まずはカンテラを持った手がにゅっと伸び、次に頰を土で汚したジョナスの顔が現れた。

すぐに駆け寄って、カンテラを受け取ると、ジョナスに潜めた声で囁く。盛り上がっている最中だとストレートに伝えれば、案の定ムッとした顔をされた。

次に、穴の向こうにいる人々にも聞こえるように大きい声で表立った説明をする。

「ジョナス殿、素早い救助、感謝する。しかし、我々は大変なショックを受けた状態だ。しばらく、落ち着くまで少しの間でいいから待ってもらいたい。動揺した姿を見せたくないんだ。悪いが——」

「了解しました。全員に坑道の入口で待つよう言っておきましょう。俺が二人についていると言えばわかってくれます」

優秀な第二夫人は、眉をひょいと動かして戻ると、穴の向こうで新しい坑木を嵌《は》めている人々へ、終わったら入口で待機するよう伝えてくれた。

一人が這《は》って進める程度の穴を再度通り、ジョナスがツルハシを持って姿を見せる。

私はうっかり蹴って消してしまったランタンに火を移し、光のありがたさに静かに感じ入る。

「レナルト、灯りだよ」

ランタンを掲げた先では、悪い顔をしたジョナスと、俯《うつむ》いたまま顔を上げないレナルトがいる。合わせる顔がないと思っているのだろう。

マフラーに手袋、さらには毛皮の外套と、防寒具をしっかり身につけた彼が裸だなんて、足元に置かれた服がなければわからない。

「騎士殿、手と顔を泉ですすいできてはどうだ？」

言外に匂わせた意味を察した彼がいそいそと洞窟の泉で手を洗う間、私は裸に毛皮を纏《まと》った夫へ声をかける。

「君の艶美な姿を目に焼きつけたい。灯りをここに置いてもいいかい？」

彼の立つ場所から少し離れた地面に置いた。

「レイ、俺にも見せてくれないか？　二人に嫉妬するより、一緒にお前を称賛したい」

しばし狼狽《うろた》えてもごもごしていたレナルトだが、私たち二人の妻から熱い視線を向けられ、腹を決めてくれた。緊張で震える手が、外套を左右に開いていく。

毛皮の下は長靴下だけだ。ほう、と息を吐いたジョナスは己の唇を舐める。彼が私の美しい夫へ手を伸ばすのを、少し離れた場所から見守る。ちらりとジョナスに目配せをし、夫の横顔が見える位置にしゃがんだ。私とレナルトの間には、地面に置いたランタンがあり、周囲を明るく照らしていた。


岩壁へ向かってピンと上向いた性器の先端から、糸を引いて精が滴り落ちる。

後ろから突き上げられるたびに、甘い声とともにストロベリーブロンドの髪が揺れた。

彼の茎は髪よりゆったりとしたリズムで身を揺らす。きゅっと上がった陰嚢《いんのう》は、濡《ぬ》れた陰毛を貼りつかせている。

背後に立つ、幼馴染みでもあり妻でもある男は、白い太ももへ手をかけて片脚を持ち上げ、こちらへ見せつけた。

彼は、もう一人の妻から放たれた精をかき出そうと、ぐっぷぐっぷと抜いては入れてを繰り返す。最後に、栓をするように深々と陰茎を沈ませた。

ずぶずぶと根元まで一気に夫の尻へ呑《の》み込ませる。みっちりと嵌められ、快感に身体を震わせた彼の首から、マフラーがするりと落ちた。

ジョナスは夫の耳に光るピアスを口に含み、口中で耳たぶをしゃぶりながら小刻みに腰を揺らす。

「すご、いぃッ……」

岩へ手を突いたレナルトが背を反らせて喘《あえ》ぐ。素肌の上に銀狐の外套を羽織った彼の表情はとろけている。

下から照らす光が、美しく淫らな絵画のように、彼らを浮き上がらせていた。

「ミッ、な、待ってるからぁ……ダメなのにぃ」

頭を振り、妻のジョナスへもうイってと懇願した。半泣きで歪《ゆが》んだ表情に激しくそそれる。また漲《みなぎ》ってしまった己を見下ろし、どうすべきか迷う。股間を膨らませて人前に出るわけにはいかない。

「……レイっ」

どくどくと妻の精を尻の中に受け、夫は恍惚《こうこつ》の表情を浮かべる。ランタンの灯りに、垂れた精が銀の針のごとく輝く。

「レナルト、三人の夫婦生活は最高だね」

声をかけると、口元をかすかに緩ませたジョナスが、こちらを見て頷いた。

複数婚は妻同士が張り合うと難しいものだが、我らについてはいささか夫の負担が大きいものの順調だ。

『みじめな結婚』を目指した私の結婚生活は、この先も愛に満ちたものになるだろう。

あとがき

こんにちは、エナリユウと申します。

夫（受）が新妻たち（攻）に××××される話を書きたい。

大きな声ではとても言えない願望を、懐深いシャレード様のおかげで本にすることができました。これも、前作をご購入くださった皆様のおかげです。ありがとうございました。

話の筋より、書きたいエロシチュから考えることが多いタイプですので、希望のエロを今回も盛り込みました。とてもとても嬉しいです。

イラストはCiel先生に描いていただく機会に恵まれました。自分の作品だからという以前に、先生がお描きになった複数ＢＬのイラストがこの世に増えたことに歓喜しております！

拙く遅い原稿を辛抱強く待ってくださった編集様や校正様はもちろん、本を置いてくださる書店様、営業様、関わってくださる皆様のおかげで本が出せます。ありがとうございました。

手軽な楽しみが多い中、時間のかかる小説を楽しむことは、とても贅沢な娯楽だと感じています。

拙作を選んでくださった読者様には、心より感謝申し上げます。皆様にとって、楽しいひと時になっておりましたら幸いです。

またどこかでお会いできますよう、祈っております。

本作品は書き下ろしです

エナリユウ先生、Ciel先生へのお便り、
本作品に関するご意見、ご感想などは
〒101-8405
東京都千代田区神田三崎町2-18-11
二見書房　シャレード文庫
「貧乏男爵、国民人気上位二人（男）を嫁にする。」係まで。

CHARADE BUNKO

貧乏《びんぼう》男爵《だんしゃく》、国民《こくみん》人気《にんき》上位《じょうい》二人《ふたり》（男《おとこ》）を嫁《よめ》にする。

2023年 4月20日　初版発行

【著者】エナリユウ

【発行所】株式会社二見書房
東京都千代田区神田三崎町2-18-11
電話　03(3515)2311［営業］
　　　03(3515)2314［編集］
振替　00170-4-2639
【印刷】株式会社 堀内印刷所
【製本】株式会社 村上製本所

落丁・乱丁本はお取り替えいたします。
定価は、カバーに表示してあります。

ISBN978-4-576-23036-8

https://charade.futami.co.jp/